부산에서 예술을 합니다

일상의 스펙트럼 07

부산에서 예술을 합니다

임영아

산지니

차례

프롤로그

“서울이 아닌 도시에서 예술 활동을 하다 보면 어려움이 따른다. 하지만 이 어려움을 당연하게 감수하면서 살아야 할까.”

지역에 살다 보면 예술 관련 인프라 부족, 정보를 공유할 동료 예술가의 부족, 전시 공간 부족 등 현실적인 문제에 부딪히게 된다. 나 또한 처음엔 그런 현실적인 문제에 좌절한 창작자 중 한 명이다.

지금은 내가 사는 이곳, 부산에서 지역 도시의 문화예술 발전을 꿈꾸고 있다. 꿈이 생겼기에 돌고 돌아 부산, 서울, 도쿄, 서울을 거쳐 다시 부산에 정착하고자 한다.

『부산에서 예술을 합니다』는 대한민국 제2의 도시이자 지역 도시의 하나인 부산에서 예술 활동을 하면서 느꼈던 어려움과 고민, 해결 과정을 찾아 나가는 일들을 적은 글이다. 서울에 집중된 예술공간의 문제, 지방의 청년층 유출을 포함하여 내가 겪은 일들을 기록하고, 어려움은 극복하고자 하는 어느 지역 예술가의 자그마한 이야기다.

이 글을 쓰는 나는 평범한 창작자다. 그림과 글이 좋아서 창작을 시작하였고 꾸준히 창작물을 내려고 노력하고 있다.

나는 사람들에게 나를 크리에이터라고 소개한다. 주로 일러스트를 그리거나 디자인을 하는 창작 크리에이터 일을 한다. 굿즈를 판매하기도 하고, 창작 후원을 받기도 한다. 글을 쓰는 것도 좋아해서 소설, 에세이를 쓰기도 한다. 트렌드에 따라 작업 방식이 바뀌기도 하므로 다음엔 어떤 일을 하고 있을지 모른다. 언젠가는 소소한 일상 이야기가 담긴 만화를 그려보고 싶다.

「호기심이 많아 여기저기 기웃거립니다.」

「따뜻한 이야기가 담긴 그림을 그리고 있습니다.」

나는 프로필에 자주 적어 놓는 문구처럼 호기심이 많은 편이다. 고정되어 있지 않고 자유와 불안감이 공존하는 삶이지만 있는 힘껏 도전하며 살아 보려고 노력 중이다.

어느 부산 예술가의 이야기

그림을 언제부터 그렸는지는 정확히 기억나지 않는다. 기억 속 어린 시절의 나는 늘 그림을 그리고 있었다. 잘 그리진 않아도 항상 무언가 끄적거렸던 기억이 있다. 그림 그리는 것이 좋아 입시 미술을 하여 미술대학에 진학했고, 디자인을 전공하였다. 더 배우고자 하는 열망과, 뒤에서 이야기할 어떤 계기로 일본 유학을 하였고, 한국에 돌아와 창작 일을 하고 있다.

내 주변엔 정착하며 살아가는 삶보다 이동하는 삶을 선택한 사람들이 많았다. 그래서 나도 사는 곳을 옮기는 것에 대한 큰 거부감은 없었다.

'몇 번의 이동을 거치며 내가 있을 자리를 늘 찾아 다닌다.'라고 생각하며 살아왔다.

어린 시절부터 경상도에서 살았다. 포항, 대구를 거쳐 세 살 때쯤 부산에 정착한 이후에 몇 번의 이동은 있었지만, 일생의 대부분은 부산에서 살았다. 따지고 보면 부산 토박이는 아니지만, 인생의 많은 시간을 보낸 부산이 나에겐 고향이다.

중학교를 마치고 고등학교에 갓 입학하였을 땐 부산에 대한 애증이 스멀스멀 자리 잡고 있었다. 어린 시절부터 지금까지 살아온 도시라 익숙했지만 한편으로는 더 넓은 곳을 보고 싶었던 열망도 가득할 때였다. 익숙함이 지긋지긋해져 새로운 삶을 추구했다. 애증이 생긴 계기는 미대 입시를 앞둔 고등학생 때부터였다.

"영아는 뭐가 되고 싶어?"

"나? 디자이너나 작가가 되고 싶어."

"그럼 서울이나 해외로 가야겠네?"

"어…. 그러네…. 외국이나 서울에 가야 성공하겠지?"

나는 진로를 생각해 보라는 말을 들으면 서울

과 해외 어딘가에 있을 미래의 나를 상상하곤 했다. 10대, 주변 친구들 모두 새로운 환경을 꿈꾸던 나이였다.

그렇게 미래에 대한 꿈이 부풀어 있을 무렵, 부산 서면에서 친구들과 재미로 본 사주팔자 점쟁이는 나에게 말했다.

"학생은 남쪽에 있어야 해."

더 넓은 곳을 꿈꾸는 학생에게 부산에 있으라니. 그땐 그 말이 싫었고, 깊게 생각하지 않았다. 하지만 세월이 흐를수록 그 말이 생각났다. 질문이 뭐였는지, 그 후 뒤에 이어지는 말이 뭐였는지는 시간이 지나 기억나지 않는다. 어쩌면 그날, '제가 어디로 가야 성공할 수 있을까요?'라고 물어봤을지도 모른다.

기억을 되짚어 보면, 점쟁이는 사주팔자를 보던 내 말 속에서 부산에 대한 애증을 느꼈을지도 모른다. 이 도시를 떠나야 할지 말아야 할지 고민하던 내 마음을.

우연인지는 모르겠지만 주변에서 지인들을 포함하여 청년들이 부산을 많이 떠나던 시기였다. 결국, 나도 그 흐름을 탈 수밖에 없었다. 많은 고민 끝에 부산을 몇 번이나 떠났고 결국엔 다시 부산으로 돌아와 정착하게 되었다.

좀 더 깊게 생각해 보자면, 부산에 대한 복합적인 감정을 느끼게 된 건 어렸을 때부터였다. 초등학교 저학년 때 내 취미 중 하나는 어린이용 세계지도를 펴 놓고 구경하는 거였다. 글자도 큼직큼직했고 설명도 잘 나와 있었다. 느긋한 토요일 오후, 숙제가 없으면 햇빛을 받으며 방바닥에 지도를 펴 놓고 놀았다. 공부는 싫어해도 역사는 좋아해서, 읽었던 역사책에 나오는 국가의 위치를 찾아보기도 하고, 멸망하여 지금은 없는 국가와 도시의 위치를 찾아보기도 했다.

어느 날, 수업시간에 선생님이 퀴즈를 냈다. 국가 이름을 이야기하면 수도를 맞히는 것이었다. 그때 나는 내 취미 덕분에 대부분의 문제를 맞혔다. 답을 말하기 위해 손을 들 때마다 평소 수업시간에서는 느껴 본 적 없는 희열이 생겼다. 성적은 그다지 좋지 않았던 내가 문제 대부분을 맞히는 걸 보고 선생님은 어떻게 알고 있냐고 물으셨다. "지도 펴 놓고 노는 것을 좋아해서요."라는 내

말에 선생님께서 놀란 표정을 지으시며 좋은 취미라고 칭찬하셨던 일이 기억난다. 그 칭찬 덕분에 나는 세계 여러 도시의 이름을 더 알고 싶어 했고, 시간이 나면 지도를 찾아보았다.

내가 가진 지도에는 국가의 수도는 ◎, 수도 외 주요 도시는 ○로 나뉘어 표시되어 있었다. 지도 밑에는 국가에 대한 설명과 국기, 도시명이 한 번 더 표기되어 있었다. 국가의 면적이 클수록 주요 도시의 수는 더 많았다. 그렇게 자주 지도를 접했고, 지도를 볼 때마다 느낀 점이 있었다.

"미국 수도는 뉴욕이 아니라 워싱턴 D.C…."

"호주 수도는 시드니가 아니라 캔버라…."

TV나 책에서 나오는 유명한 도시라고 모두 수도인 건 아니었다. 수도이지만 처음 들어보는 도시도 있었고, 유명한 도시임에도 수도가 아닌 도시도 많았다. 과거에는 수도였지만, 현재는 주요 도시 중 한 곳이 된 곳도 있었다. 전쟁으로 국가가 분열되거나 합쳐지면서 수도가 변경된 곳도 있었다. 지도와 역사책을 펴 놓고 읽다 보면 다양한 이유로 도시의 흥망성쇠가 결정된다는 걸 알 수 있었다. 물론 어린아이의 눈으로 접한 수도, 도시의 이야기였기 때문에 깊숙한 국가의 사정까지는 이해하지 않고 순수하게만 머릿속에 새겨 넣었었다.

한 나라의 수도를 정할 땐 정치, 문화, 경제, 지역 특색 등의 다양한 이해관계 속에서 정했겠지만, 수도가 아닌 다른 도시도 그 나라의 이미지를 대표할 만큼 점차 커질 수 있다는 점, 반드시 국가가 수도 위주로만 발전하지 않는다는 점이 흥미를 끌었다.

그래서일까. 나는 성인이 된 지금도 지역 도시들에 관심이 많다. 도시 규모의 크고 작음을 떠나 그 도시의 특성이 보이는 걸 좋아한다. 소설, 드라마, 영화, 만화, 애니메이션을 접하며 다양한 도시 배경이 나올 때마다

"저 도시는 건축물이 유명한가 봐. 그래서 관광객들이 많은 건가?"

"저 도시는 음식으로 유명하구나. 한번 먹어 보고 싶다."

"다양한 지역 도시에 가 보고 싶다. 기회가 되면 여행 가야지."

라는 생각을 하며 관심을 가지고 지도를 보았다.

상상하며 지도를 보는 순간은 즐거웠다.

"그럼 내가 사는 부산은 어떤 도시일까?"

문득, 지도를 보면서 이런 생각이 들었다. 어린 내가 보는 부산은 다른 곳과 비교해도 큰 도시였다. 대한민국 제2의 도시 부산. 여기서 뭐든 할 수 있을 것 같았다. 부산이란 도시는 인구도 적은 편이 아닌 데다가 상업시설, 편의시설, 의료시설도 충분해 보였다. 하지만 세월이 지나 시야가 넓어지면서 우리나라 지역 도시의 현실을 직접 겪다보니 '부산', '지역 도시'에 대한 생각이 여러 번 바뀌게 되었다.

화방의 추억

미술을 하고 싶다는 생각을 한 건 아주 어릴 적부터였지만, 본격적으로 미술대학에 가고 싶다고 마음먹은 건 고등학교에 들어간 직후였다. 고등학생 1학년 때부터 미대 입시 준비를 시작했다. 입시를 준비하던 고등학생 시절, 그리고 재수생 시절, 화방은 나에게 마음의 안식처였다.

학교, 학원, 집. 이렇게 쳇바퀴만 돌던 내 일상에 활력을 주는 것이 생겼다. 미술도구였다. 미술학원에 가기 전 내 눈을 사로잡은 건 마트에서 산 60색 수채화 색연필이었다. 60색 색연필도 신기하다 생각했는데, 물을 뿌리면 색이 녹아 수채화 효과가 나는 색연필은 더 놀라웠다. 전문가용이 아니었기 때문에 나뭇결도 조잡했고 부드럽지도 않은 데다가 물에 잘 풀리지도 않았지만, 이 색연필을 접하면서 다양한 미술도구의 세계에 눈을 떴다.

미술학원에 간 후 제일 먼저 한 일은 미술도구 구매였다. 학원에서는 등록하자마자 긴 체크 리스트를 주며 입시에 필요한 도구를 사게 했다. 수채화 도구뿐만 아니라 파스텔, 색연필, 포스터컬러, 붓, 앞치마, 팔 토시, 연필을 사는 것만으로도 미술대학에 입학할 기대감에 부풀어 올랐다.

비전문가 미술도구에서 전문가 미술도구로 바뀌었을 때 그림을 더 그리고 싶어서 안달이 났다. 정갈한 나뭇결과 부드러운 필기감의 색연필, 아름다운 색으로 물에 잘 풀리는 수채화 물감, 부드럽게 색이 섞이는 파스텔에 마음을 뺏겼다. 눈을 즐겁게 하는 알록달록한 물감 튜브와 마커, 다양한 크기의 스케치북을 보고 있으면 화가가 된 기분이었다. 세상에 색채가 이렇게 많다는 것이 신기했고, 이걸 내가 조합해서 새로운 컬러를 만든다는 것도 신기했다. 고등학생이었던 나는 입시 관련 미술도구뿐만 아니라 취미였던 만화를 그리기 위해 만화 원고지와 펜촉과 잉크를 사기도 했다.

그림 그리는 것을 좋아했지만, 미술도구를 리뷰하는 것도 좋아했다. 괜찮은 미술도구가 있으면 사용 후기를 인터넷에 올리거나 지인들에게 추천해 주곤 했다. 여기에 더 열정이 불붙은 건, 다양한 재료를 쓰는 입시 미술 '발상과 표현'이라는 걸 접했을 때였다. 미대 입시에 필요한 '발상과 표현'은 파스텔, 수채화, 포스터물감, 색연필, 마커, 연필 모두를 써야 하는 실기 종목이었다. 실기 종목은 정해져 있지만, 미술도구의 제한은 그렇게 크지 않았다. 그렇기에 실기를 준비하면서 짧은 시간 안에 다양한 재료를 배워야 했고, 써 봐야 했다.

명필은 붓을 가리지 않는다지만 나는 소위 천재도 아니었고, 평범한 미대 입시생이었기 때문에 재능보단 노력으로 승부를 걸 수밖에 없었다. 남들이 색을 섞을 시간에 그것과 비슷한 색을 사는 게 나에게 좀 더 이익이었다. 거친 붓으로도 잘 그리는 천재가 있지만, 나는 부드러운 붓이 아니면 잘 그리질 못했다. 그래서 나에게 맞는 미술도구를 구하기 위해 화방에 자주 들를 수밖에 없었다. 내가 입시를 하던 당시엔 체벌이 있었는데, 시간 안에 완성을 못 하거나 실력이 떨어지면 체벌을 당했다. 그래서 정해진 실기 시간 안에 그림을 완성하기 위해선 도구도, 색채도 일단 다양하게 써 봐야 했다.

어쩌면 입시생이 쓸데없이 시간을 낭비한 것으로 생각할지도 모른다. 하지만 길게 생각하자면 화방에서 보낸 시간은 미래의 나에게 큰 디딤돌이 되었다. 그림을 잘 그리는 건 아니었지만, 고등학생 때부터 지금까지 여러 제품을 써 본 덕분에 나에게 미술도구에 관해 물어보는 사람이 많았고 나 또한 호기심으로 새로운 미술도구를 써 봤기 때문에 그때그때 작업에 맞는 도구를 고르는데 도움이 되었다.

미술도구를 좋아하는 만큼 늘 새로운 미술도구에도 관심이 있었다. 화방에서 새 제품을 구경하는 것만으로도 시간이 훅훅 지나갔다. 화방 안에는 외국에서 들여온 비싼 용품부터 가성비가 좋은 용품까지 다양하게 진열되어 있었다. 어느 제품이나 명품이 있는 것처럼 미술용품에도 명품이 있는데, 독일, 일본 브랜드가 많았다. 몇몇 좋은 브랜드 상품에는 회사에 대한 설명, 제품에 대한 설명이 꼼꼼하게 적혀 있었는데 그걸 읽다 보면 미술도구 회사에 대한 신뢰도가 한층 더 올라갔다.

학생 신분이라 비싼 미술용품을 마음껏 써 보진 못했지만, 용돈을 받으면 대부분 간식과 미술도구에 투자했다. 호기심이 많았기 때문에 다른 사람들은 어떤 도구를 쓰고 있을까 궁금해졌는데, 마침 그 시기쯤부터 서울의 대학에서 열리는 실기대회에 참가하게 되었다.

"어? 저 미술용품 박스 멋지다."

"저 물통 괜찮네."

"새로 나온 휴대용 팔레트도 있네?"

전국의 입시생이 모이는 서울의 실기대회에 가면 다른 학생들은 어떤 미술도구를 사용하는지, 서울에서는 어떤 용품들이 유행하고 있는지 구경할 수 있었다.

지금은 아니지만, 당시에는 새로 나온 색상의 수채화 물감이라던가, 입시의 시간 절약에 도움이 될 만한 미술도구가 나오면 부산에 있는 화방에 입고되기까지 꽤 시간이 걸렸다. 입고되는 물량이 적었는지 입고되어도 찾는 사람이 많으면 금방 재고가 동이 났다. 입시에 집중해야 하는 입시생의 특성상 시험날이 가까워질수록 필요한 물품은 많아지는데 화방에 갈 수 있는 시간은 줄어들었다. 그래도 부족한 건 인터넷 쇼핑몰을 통해 구매할 수는 있었다. 다만, 대부분의 대형 화방 인터넷 쇼핑몰들은 서울에서 물품을 발송하였는데, 아무리 빨라도 부산까지 택배로 최소 3일 이상 소요되었기 때문에 당장 필요한 물품은 바로 구매하기 어려웠다. 직접 보고 구매하는 것도 어려웠으므로 인내심을 가지고 물품을 기다려야 했다.

내가 입시 미술을 할 당시 주로 갔던 곳은 동래구 쪽과 부산진구 서면이었다. 동래는 다양한 미술학원이 모여 있는 부산의 유명 미술학원 거리가 있어서 늘 미대 입시생들로 북적였다. 미술학원 이름이 적힌 앞치마를 입은 학생들이 화방에서 용품을 고르는 걸 보면 각 학원에서 선호하는 컬러와 도구가 보이기도 했다.

겹겹이 쌓여 있는 미술용품 중에서 주변의 미술학원에서는 잘 안 쓰지만 꽤 괜찮은 물건을 찾게 되는 경우가 종종 있었다. 예를 들어 손에 편안한 만화용 펜대라던가, 너무 물컹물컹해서 소묘에서는 쓰기 어렵지만 만지작거리면 기분이 평온해지는 지우개라던가. 그런 물건을 찾으면 실험적으로 입시작품에 써 보기도 했다.

기억을 좀 더 더듬어 보자면, 당시 입시생 수에 비해 주변에 식당이 별로 없어 조금이라도 늦으면 식당에 사람이 꽉 차 버렸다. 내가 다니던 미술학원은 화방과 멀찍이 떨어져 있었는데, 유일한 자유시간인 저녁 시간에 화방에 간다는 건 저녁밥을 포기한다는 뜻과 같았다. 결국, 화방에 갔다 오느라 간단한 빵이나 삼각김밥, 라면으로 식사를 때우곤 했다. 그래서 동래구 미술학원 거리에 가면 배고팠던 기억이 먼저 떠오른다. 오랜만에 동래구를 지나갈 일이 생겨 갔더니 예전과 비슷하면서도 주변에 식당이 많이 생겨 흐뭇했다. 지금은 입시 준비를 하는 학생들이 배고프진 않겠구나 하면서.

부산진구 서면은 번화가여서 큰 화방이 많았고, 독특하고 다양한 물품이 자주 입고되었다. 다만, 입시를 준비하는 학생이었기 때문에 시간이 없어 휴일 외에는 화방에 가기가 힘들었다. 입시가 가까워질수록 주말에도 미술학원에 가야 했기 때문에 몸은 지쳐 갔고, 서면까지 가서 미술용품을 하나씩 들여다볼 여유는 사라졌다. 이후, 대학생이 되어서야 서면의 화방에 자주 갈 수 있게 되었다.

서면의 화방들을 탐방하면 입시생보단 대학생, 관련 업계 사람들이 많이 보이곤 했는데, 입시 미술용품이 아닌 전문 미술용품을 고르는 사람들을 보며 미술계에서 일하는 내 미래를 어렵지 않게 상상해 볼 수 있었다.

입시생이 아닌 지금도 화방에 가면 가슴이 두근거린다. 과거에 썼던 미술도구를 보면 추억을 떠올리고, 앞으로의 작업에 필요한 미술도구를 보며 미래의 계획을 세워 보곤 한다.

"앞으로의 작업은 어떤 재료로 해 볼까?"

"새로운 컬러가 들어왔네?"

"이 컬러는 스캔 떴을 때 잘 나올까?"

하며 즐겁게 물품들을 고른다.

세월이 많이 흘러서일까. 길거리를 걷다 보면 옛날보다 화방이 많이 생겼고, 인터넷 주문 또한 쉽고 간단해졌다. 예전에 자주 들렀던 화방에 가 보면 내가 입시를 하던 그 시절보다 훨씬 많은 물품을 갖추고 있고, 재고도 풍부하다. 재고 없는 상품도 주문하면 금방 들어온다. 그 덕분에 부산에 재정착하기 전, 계획 없이 시작된 잠깐의 부산살이를 하는 도중에도 작업에 무리가 없었다. 여전히 화방은 나에게 앞으로 살아갈 원동력을 주는 고마운 장소다.

작업 방식이 디지털 페인팅 위주로 많이 변했지만 그래도 수작업을 포기할 수 없는 건, 지금도 들어가면 가슴 두근거리게 만드는 화방 덕분이 아닐까. 조금 오래된 화방에 가면 연필에서 나는 듯한 나무 냄새와 물건이 쌓이면서 자연스럽게 나는 먼지 냄새가 섞여 과거의 추억을 떠올리게 한다. 바삭바삭한 비닐에 싸인 종이뭉치, 색상별로 진열된 물감 튜브 사이를 거닐며 부드러운 붓털과 차가운 펜촉의 감촉을 느껴 본다.

실기대회를 마친 후 고속버스 안에서

수도인 서울과 지방의 격차가 있다는 생각은 막연하게 했었다. 하지만 중학생 때까지는 크게 와닿지 않았다. 그런데 고등학생 때부터 본격적으로 입시 준비에 들어가면서 서울과 지방 간의 격차를 뼈저리게 느끼게 되었다.

고등학생이 되자 반의 분위기가 바뀌었다. 교실 뒤편에는 커다랗게 대학 입결표가 붙었고, 대학 순위를 한눈에 알 수 있게 되었다. 명문대학들은 서울 위주로 줄 세워져 있었고, 교실 책꽂이에 꽂힌 입시 책자도 서울에 있는 대학 위주로 바뀌어 갔다.

교실 뒤 책꽂이엔 대학입시 관련 책자가 늘 꽂혀 있었는데, 나는 그걸 관리하는 담당이었다. 각 학급에 대학 입시설명서가 도착하면 내가 구분 지어 정리하였다. 그래서 자주 대학입시설명서를 읽어 보곤 했다.

SKY를 포함하여 누구나 다 아는 명문대학은 대부분 서울에 있었기 때문에 그 대학들의 입시설명회도 서울에서 열렸다. 가끔 지역에서도 설명회가 열리긴 했지만, 정보는 늘 한 발짝 늦을 수밖에 없었다. 가고 싶은 대학의 입시설명회가 있어도 시간에 맞춰 가려면 학교를 조퇴하거나 결석해야 했다. 서울까지 가는 거리와 걸리는 시간을 생각하자면 반나절로는 어림도 없었다.

"점수가 같다면 지방 국립대학보다 인서울 대학을 갈 거야."

"사람이 서울로 가야 성공을 하지."

"난 원서 서울만 쓸 건데?"

입시 기간이 되자 여기저기서 이런 이야기가 많이 나왔다. 성적이 되는 친구들은 당연하게 인서울 대학을 지망했다. 입시가 가까워질수록 서울에 가야만 성공할 수 있다는 듯한 분위기로 가득했다. 이는 반대로, 지역에 남으면 실패라고 생각하는 사람이 많았다는 뜻이었다.

고등학생의 가장 큰 관심사는 대학입시와 진로겠지만, 학년이 높아질수록 학생들은 자신의 집안 환경을 고려하여 진학할 대학을 결정하였다. 학교 내에서 비슷한 성적인데도 '서울에 갈 수 있는 집안 환경', '서울에 갈 수 없는 집안 환경'으로도 조심스럽게 나누어졌다. 입시가 다가올수록 대학 입결표를 보며 한숨짓는 학생들이 자주 보였다.

"영아야. 너도 디자인을 배우려면 서울에 가야 해."

미술을 하는 나에게도 서울에 가야 한다는 주변의 충고가 많이 들려왔다. 나는 그때마다 '네. 저도 가고 싶어요.'라고 대답했지만, 가슴 한구석에는 '왜?'라는 의문이 있었다. 디자인을, 미술을, 예술을 하려면 서울에 가야 한다는 말을 들을수록 부산에 대한 애증이 더욱 커졌다.

"내가 서울에 있었다면 정보를 더 빠르게 접할 수 있었을까?"

"나도 ○○대학교 입시설명회에 가고 싶었는

데….”

부산이라고 디자인을 못 배우는 것도 아니고, 여기서도 디자인 수요가 많지 않은가. 여기 부산에서도 충분히 배울 수 있는 학문을 굳이 서울에 가서 배워야 할까? 하는 생각이 들었다. 이런 의문을 가질 때마다 “서울은 기회가 많아.”라는 대답을 들었다. 맞는 말이긴 하지만 한편으론 고향에서는 성공하기 어렵다는 말로 들려 씁쓸했다.

“성적이 되는데 왜 부산에 있으려고 하는 거야? 서울에 있는 대학 써. 너 후회한다?”

성적 좋은 친구들의 입시 상담엔 이런 대화가 일상적이었다. 성적이 되면 인서울 대학을 지망해야 한다니. ‘인재들이 다 서울로 올라가면 지방은 어떻게 되는 거지?’, ‘광역시인 부산이 이 정도라면 이보다 더 작은 중소도시는 인재 유출 문제가 더 심하지 않을까?’, ‘모든 도시에 다 인재가 필요할 텐데.’ 하는 생각이 들었다.

여러 번 이런 분위기를 겪다 보니 나도 어느 순간 ‘서울에 가면 성공한다.’라며 서울에 대한 환상을 가졌다. 성적이 되든 안 되든 일단 서울로 가야 한다는 생각이 나를 사로잡았다. 성적이 되어도 경제적 문제로 서울에 가지 못하는 친구들은 이 순간을 괴로워했다.

입시 정보를 위해 자주 보게 된 입시 카페 게시판에서는 끊임없이 대학을 지방대와 인서울 대학으로 나누고 급을 매겼다. 서로의 지망 대학을 비교하고 헐뜯는 게시글에는 지방대학을 낮춰 부르는 단어가 나왔다. 지방에 있는 대학에 다닌다는 것만으로도 욕이 되었다. 지방 거점 국립대조차 비하하는 게시글이 많았고, 지방대학은 배제한 서울 위주의 대학 서열표가 자주 보였다. 인생에서 물론 학벌도 중요하겠지만, 이제 막 수능을 치려는 고등학생들이 지방의 대학에 갔다는 이유로 실패한 인생이라고 단정 지어 이야기하는 모습은 숨이 막힐 듯한 경쟁 사회를 보여 주는 듯했다.

미술대학 또한 분위기가 같았다. 유명 미술대학들의 순위 대부분이 서울, 수도권 위주로 편성되어 있었다. '주요 대학' 리스트엔 지방대학이 잘 보이지 않았다. 불안해졌다. 바로 앞에 보이는 대학 순위가 내 인생 전반을 흔들지도 모른다는 생각이 들었다. 성적이 오르지 않자 좋은 대학에 들어가기 위해서 뭐라도 해야 한다는 강박관념이 생겼다. 실기를 잘해야 한다는 생각이 들자 대외 활동에 눈을 돌렸다.

입시 미술을 하던 나는 대학 주최 실기대회에 자주 참가하게 되었다. 대학 주차장, 체육관, 강의실마다 가득한 전국의 미대 입시생들을 보며 내가 여기서 잘할 수 있을까 고민이 되었다. 실기대회에서 입상하면 수시에 유리했다. 힘들었지만, 열심히 참여해야 했다.

서울에서 열리는 실기대회에 나갈 때마다 미술학원에서 고속버스를 대절하고 하루, 이틀 학교를 빠지면서 참가해야 했다. 밤새 고속버스를 타고 실기대회가 열리는 서울의 대학에 도착하면 지역 학생들은 우르르 화장실로 달려가 세수하며 잠에서 깼다. 모두 지친 표정이었다. 화장실 거울에 비친 내 모습도 똑같았다.

'내가 서울에 살았으면 이런 고생 안 해도 될 텐데.'

'아니, 지역마다 명문대가 골고루 분포되었다면 다들 이런 고생을 안 해도 될 텐데. 모두 힘들게 서울에 오려고 하니…. 대회 한번 나가기 힘들다….'

아침밥을 우물우물 먹으며 서울에 사는 학생들을 부러운 눈으로 바라보았다. 피곤해서 퀭한 눈으로 실기대회가 열리는 장소를 둘러보니 대형 학원들의 플래카드가 걸린 전세 버스들이 있었다. 운동장 한편에는 밤새 지방에서 서울까지 오느라 지친 학생들의 모습이 보였다.

대회가 끝나고 잠깐의 자유시간이 생기면 캠퍼스를 둘러보았다. 넓은 교정을 걷다 보면 미술대학에 대한 동경이 생겼다. 정문을 나가면 보이는 번화가, 세련된 학생들, 실기대회 때 들어간 커다란 강의실의 모습과 실기실, 학교 내 편의시설 등. 눈에 보이는 모든 게 멋져 보였다.

하지만 인서울 대학을 가기 위해 하루 이틀 시간을 내 서울에서 열리는 실기대회를 나가고, 몇 시간 동안 쉬지 않고 그림을 그리고, 다시 버스를 타고 내려오는 생활을 1년에도 몇 번씩 겪으며 점점 지쳐 갔다.

'반드시 서울에 가야 할까?'

'서울에 가야만 성공을 할 수 있는 걸까.'

'언제부터 서울 위주의 대학 서열표가 돌아다니게 된 걸까.'

'부산에서, 지역에서 예술 활동은 못 하는 걸까?'

실기대회를 마치고 돌아오는 길, 버스 안에서 많은 생각이 들었다.

서울뿐만 아니라 부산의 대학들에서 열리는 실기대회에도 부지런히 참가했다. 부산도 큰 도시이기 때문에 타지역 학생들이 참가하기 위해 오곤 했다. 부산에서 열리는 실기대회에는 좀 더 좋은 컨디션으로 참가할 수 있었다. 밤새 고속버스를 타고 가지 않아도 되었고, 아침에 찌뿌둥한 몸으로 눈 비비며 대학 내 화장실에서 세수하지 않아도 되었고, 차가운 샌드위치로 밥을 때우지 않아도 되었다. 수많은 경쟁 상대들과 부딪혀 가며 실기시험을 치지 않아도 되었고, 대회를 마치면 해가 지기 전 바로 집으로 돌아갈 수 있었다.

'서울에서 실기대회가 열렸을 때 서울 학생들도 이랬을까.' 하는 생각이 들었다. 몸이 힘들어서였을까. 한번 생긴 부러운 감정은 좀처럼 식지 않았다.

'내가 인서울 대학의 실기대회에서 느낀 복잡한 감정을 다른 학생도 느끼고 있었을까.' 마음속

으론 궁금했지만, 모두가 예민해진 입시 시기에 차마 물어볼 수가 없었다.

인터넷에 지방대학의 위기라는 내용의 기사가 자주 보인다. 지역의 학생 인구가 점점 줄어든다는 이야기다. 나도 지방대학 졸업자이기에 대학교 때부터 이런 뉴스에 관심을 가질 수밖에 없었다. 기사의 댓글을 보면 "그런 대학 때려치워라." "대학 포기해라." 심지어는 '지잡대'라는 과격한 단어가 섞인 댓글도 있다. 학벌주의가 가득한 댓글 속에서도 "인서울 대학이 아니면 지방의 대학들은 다 정리해라."라는 댓글은 특히 눈에 띈다.

화가 잔뜩 나 보이는 댓글들을 볼 때마다 마음이 착잡해진다. 자신이 나고 자란 지역의 대학에 다니는 것만으로도 죄인이 되는 시대가 된 걸까. 중간중간 날 선 댓글들은 각기 다른 언론사의 기사에도 비슷하게 달려 있다. 익명의 댓글란은 어느 순간 싸움터가 되어 있다.

인구가 줄어드는 시대라 지역의 부실대학을 정리한다는 건 머리로는 이해하지만, 마음 한편은 불편해진다. 상위권 대학들은 수도권 위주로 분포되어 있고, 상위권 대학을 다니기 위해선 지역에서 수도권으로 가야 한다. 수도권에 사람이 많아질수록 지역의 인구는 줄어들게 되고 결국 지역에 있는 대학은 학생 수가 줄어들어 언제 부실대학으로 지정될지 모른다.

'지방대'라는 단어가 '지방에 있는 대학'으로 쓰이기보단 부정적인 의미로 쓰이는 걸 보면서 지역에 있는 것 자체가 심적으로 힘들 때도 있었다. 지역에서 대학을 졸업한 뒤 일자리를 찾아 다시 서울로 가야 했다. 결국, 지방 청년들은 서울을 선택할 수밖에 없다. 연고 없는 서울에서 비싼 월세를 지불해 가며 좁은 고시원, 원룸에서 지낸다. 다시 지역으로 내려가려고 해도 선불리 결정할 수 없다. 채용사이트를 봐도 알 수 있듯이 일자리가 없기 때문이다.

부산에서 창작자의 첫발을 내딛다

"살다 보면 학력이 중요하긴 한데, 미술은 학력이 부족해도 실력이 좋으면 인정받을 수 있어. 그러니까 일단 실력부터 키워."

미술학원 선생님이 성적도, 그림도 잘 안 되어 시무룩했던 고등학생 때의 나에게 해 줬던 말이다.

기가 죽은 나를 북돋아 주기 위해 했던 듣기 좋은 말이었겠지만, 그 당시의 나는 철이 없어 이 말의 속뜻을 알아차리지 못하고 듣고 싶은 말만 골라 듣고는 대답했다.

"그럼 인서울 안 해도 괜찮을까요?"

그때의 내 철없는 대답을 들은 선생님의 표정

은 기억나지 않는다. 어쩌면 씁쓸한 웃음을 짓지 않았을까?

고등학생 때 나는, 많은 고등학생이 그렇듯 진로에 대해 관심이 많았다.

'모두 고향을 떠나 서울로 가고 싶은 걸까?'

'정말 서울에 가고 싶어?'

'서울에 가야만 성공할 수 있는 걸까?'

하루에도 몇 번이나 머릿속에 같은 생각이 들었다. 나 혼자 해결이 되지 않아 누군가에게도 물어보고 싶은 질문이지만 입시를 앞두고 민감한 친구들에게는 물어볼 수 없었다.

서울에 갈 성적은 되지만 집안 사정으로 못 가는 경우도 있고, 모든 환경은 되지만 성적이 되지 않아 서울에 갈 수 없는 경우도 있었다. 수능 날이 가까워질수록 오히려 입시 얘기가 나오지 않게 말 조심을 했다.

'나는 서울로 가고 싶은 걸까.'

'서울로 가야 할까.'

'아니, 갈 수 있을까?'

머리가 터질 만큼 고민해도 답이 나오지 않았

다. 그렇게 답을 찾지 못한 질문을 간직한 채 수능이 끝나고 실기시험 준비를 위해 서울로 올라갔다. 미대 입시생들은 수능이 끝난 후 실기시험을 치는데, 실기시험을 원활하게 준비하기 위해서는 서울로 올라가야 했다. 유명 미술학원들은 서울의 강남, 홍대, 노량진 같은 곳에 있었는데, 지방의 미술학원과 연계된 서울의 학원이 있다면 수능을 마치고 서울로 올라가 실기 준비를 했다.

나는 당시 다니던 미술학원이 연계되어 있었던 H 대학교 근처의 미술학원으로 가서 실기를 준비했다. 학원의 도움으로 미술 명문대인 H 대학교 주변에 방을 잡고 미술학원에서 아침부터 늦은 밤까지 실기를 연습했다. 그렇게 약 3개월간 서울살이를 하였는데, 이 짧은 기간에도 지방과 서울 학생들의 격차가 많이 보였다. 실기 실력은 둘째 치고 아직 스무 살도 안 된 미성년자 학생이었기 때문에 일상생활에서 느끼는 격차가 컸다.

세탁, 청소, 식사 등 기본적인 생활이 어려워졌다. 겨울인 데다가 서울은 부산보다 추웠고, 식사를 부실하게 해서 건강이 안 좋아졌다. 실기 연습이 밤 늦게 끝나는 날이 많아지자 서울에 사는 학생들은 부모님이 데리러 오기도 했는데, 집에서 돌봄 받는 서울 학생들의 깔끔한 옷을 보면 부럽기도 했다.

학원이 늦게 끝나는 데다가 휴일 없이 계속 수업을 했기 때문에 필요한 물건이 있다면 늦은 밤에 물건을 사야 했다. 생필품이 가장 절실했다. 당시에는 24시간 편의점이 많지 않아서 물건을 사기 위해 한참 돌아다니다가 지친 몸으로 자취방에 돌아오곤 했다. 인터넷 쇼핑을 하려고 해도 컴퓨터가 없어 PC방을 이용할 수밖에 없었는데, 10시가 넘으면 미성년자는 이용하지 못했다. 학원이 늦게 마쳐 끝나고 나면 10시를 넘기는 경우도 많았다. 스마트폰이 없던 시절이었기 때문에 학생 신분으로 하는 서울 생활은 너무 힘들었다.

고생하며 입시를 준비했지만, 결과는 좋지 않았다. 그 후, 재수 생활을 거쳐 부산의 K 대학 인테리어디자인학과에 진학하였다. 원했던 미술계열이었지만 입학한 지 얼마 있지 않아 슬럼프가 찾아왔다.

"서울까지 가서 입시 준비를 했는데 왜 인서울 못했어?"

내 소식을 들은 친구의 말에 나는 움츠러들었다.

흰 도화지가 두려워지기 시작한 건 대학에 입학하고 얼마 되지 않아서였다.

달달 외워서 그림을 그려야 했던 입시 때와는 달리 대학생이 되고 나서부터는 스스로 자신의 그림을 그려야 했다. 머릿속에서 계획을 잡고 혼자서 그림을 그린다니. 말로만 들으면 이 얼마나 멋있는 작업인가. 하지만 현실은 너무나도 달랐다. 흰 도화지를 보면 손은 움직이는데 머릿속이 굳어졌다.

그토록 가고 싶어 했던 디자인 학과였지만, 인테리어디자인을 전공했던 나는, 입학 순간부터 흰 도화지에 직선의 도면을 그려야 했고, 1mm의 오차도 허용되지 않는 도면 작업을 시작하게 되었다. 흰 도화지를 마주하면 내 그림 실력이 좋지 않다는 걸 정면으로 느껴야 했기 때문에 아무것도 없는 빈 종이가 무서웠다. 교수님께 혼나는 일도 많았고, 대학 생활에 적응하지 못하며 겉돌았다.

이때부터 예술대학생스러운 약간의 일탈을 했

다. 오차 없는 직선 작업이 싫어, 주변 사람들 몰래 웹툰을 그렸다. 그저 손 가는 대로 삐뚤삐뚤 그림을 그렸다. 손에 힘을 빼고 자 없이 그림을 쭉쭉 그려 보았다. '못 그려도 괜찮아.', '일단 그려 보자.' 나 자신을 다독이면서 머릿속에 이야기를 구상하고 콘티와 스케치를 거쳐 하나씩 그림을 그렸다.

그림이 그려졌다. 자유롭게 창작을 할 때마다 스트레스가 훅훅 사라지는 기분이었다. 모두가 디지털 작업으로 넘어가는 시기에 나는 디지털 만화 작업을 할 줄 몰라서 처음엔 잉크 펜으로 선을 따고 마커와 색연필로 채색을 하고 복합기에 스캔해서 그래픽 프로그램으로 보정을 한 후 한 컷 한 컷 배치하는 식으로 작업을 했다.

도면만 그리다가 자유 곡선을 이용하여 작업을 시도하니 즐거웠다. 펜과 종이만 있어도 그 자리에서 드로잉이 가능했다. 가방에 원고와 수첩을 갖고 다니며 카페 구석진 곳이나 집에서 몰래 만화를 그리고 아마추어 웹툰 게시판에 연재했다.

어느 날, 그림이 지저분하다는 댓글 반응을 보고 디지털 드로잉에 관심을 가졌다. 모두가 디지털 드로잉으로 넘어가는데 나만 멈춰 있긴 싫었다. 잘 적응할 수 있을지는 몰라도 일단 시도라도 해 보고 싶었다. 그걸 계기로 전공 과목 중 그래픽 프로그램 수업을 더 열심히 듣게 되었다. 모르는 건 교수님께 질문하며 배워 나갔다. 배운 것들은 웹툰에 적용해 보며 디지털 드로잉을 시도했다. 그렇게 한 편씩 완성해 아마추어 웹툰 게시판에 연재를 하다 보니 반응이 생겼다. 팬카페가 만들어지고 응원이 담긴 팬레터와 팬아트를 여럿 받았다. 대학에서는 도면을, 다른 곳에서는 만화를 그리며 슬럼프를 이겨 나갔다. 그 덕분에 여전히 그림은 못 그려도 흰 캔버스가 더는 두렵지 않았다.

욕심이 생겨 실력을 더 늘려 보고 싶었다. 다른 작가들은 어떻게 작업할까 궁금했지만, 교류를 할 수 없었다. 아쉽게도 내가 아는 대부분의 작가는 서울에 살고 있었고, 예술 관련 행사는 대부분 서울에서 열렸다.

'앞으로 난 뭘 하지?'

진로에 다시 관심이 생기자 정보가 필요했다.

하지만 내 전공 관련 정보도 결국 서울 중심이었다. 대외 활동을 하고 싶어도 각종 기관, 페어, 대회, 교육 모두 서울 위주였다. 그제야 '서울은 기회가 많아.'라는 말이 이해가 되었다.

진로를 정확히 정한 건 아니었기 때문에 대학을 다니면서 교직 과정을 함께 이수했다. 디자인, 공예 과목 교직 이수를 하였기 때문에 교생실습도 디자인계열 고등학교로 배정받게 되었다. 교생실습을 맡은 학생들은 그들의 가장 큰 관심사인 진로상담을 원했다.

"선생님. 한국에서 디자이너가 되려면 무엇을 해야 할까요?"

"교생 선생님. 디자이너가 되려면 외국으로 가야겠죠?"

"디자인으로 성공하려면 서울에 가야겠죠?"

디자인 계열이어서인지 비슷한 질문이 많았다. 학생들에게 받은 질문은 몇 년이 지났지만 내 고등학생 때와 변함이 없었다. 차근차근 내가 아는 정보를 말해 주었다. 그러나 학생들의 질문을 받을 때마다 '지역에서는 정말 선택지가 없는 걸까…' 하는 슬픈 생각이 들었다. 질문이 비슷해서 상담 결과 또한 비슷하게 나왔다. 디자이너로, 예술가로 성공을 하려면 지역에 있는 것보단 서울로, 해외로 가라는 말을 해 줄 수밖에 없었다.

상담하는 내내 목소리가 떨렸다. 내가 고등학생 때 들은 말 외엔 해 줄 수 있는 말이 없었다. '지역에서도 디자인으로 성공할 수 있어!'라는 희망을 주고 싶어도 평범한 지방 대학생의 말에는 힘이 없었다. 결국, 상담하면서 앵무새처럼 비슷한 말을 반복하는 내게 자괴감을 느꼈다.

서울공화국에서 산다는 것은

최근에 인터넷을 보다가 '서울공화국'이란 단어를 알게 되었다. 대한민국이 서울 위주로 돌아가고 발전한다는 뜻이었다. 이 단어가 어디서부터 시작됐는지는 모른다. 하지만 이 단어의 뜻이 예전 기억 하나를 떠오르게 해 참 씁쓸해졌다.

"올해 추석엔 시골 안 가세요?"

"네? 시골이요?"

서울에서 일하던 당시, 추석을 앞두고 같이 일하던 직장 동료가 물은 적이 있다. 내가 부산 사람인 걸 아는 서울 출신 동료였다. 혹시 '고향'과

'시골'을 헷갈려 말하는 게 아닌가 해서 조심스레 되물어보았다.

"혹시…. 부산 말씀하시는 건가요?"

"네. 시골 안 가세요?"

부산을 시골로 생각했던 걸까. 어떤 의도로 말한 건지, 내가 잘못 이해한 건지 알 수가 없어 기분이 묘했다. 대충 대답을 하고 자리를 피했다. 그렇지만 그 대화는 계속 머릿속에 맴돌았다.

'서울공화국.'

지방 출신의 관점에서, 그리고 지방과 서울에서 살아 본 내 입장에서 '서울공화국'은 공감할 수밖에 없는 단어다. 현재 이 글을 쓰고 있는 시점에도 일자리, 문화적 혜택, 미디어, 입시, 정보까지 모두 서울 위주로 돌아가고 있다. 채용사이트에서도 서울과 지방의 일자리 격차는 크고, 유명 전시회도 대부분 서울에서 열린다. 서울 전시가 끝나고 지방에서 가끔 순회전시가 열리긴 하지만 그 수는 적은 데다가 기약할 수가 없다. 운이 좋아 지역 전시 이야기가 들리면 한참 뒤에 일정이 잡히곤 했다. 지역에 살면서 보고 싶은 전시가 있다면 큰맘 먹고 서울에 가거나, 포기해야 했다. 부산에 살면서 다른 지역에도 자주 갔었지만, 서울과 비교하면 전시 수는 극히 적었다. 슬프게도 지역에 살면서 문화 혜택을 받은 기억이 별로 없었다.

최근에 다시 수도권과 지방의 격차를 실감하는 일이 있었다. 한국예술인복지재단에 예술인 등록을 한 후 예술인 혜택을 받게 되었다. 예술인들이 좀 더 많은 예술적 혜택을 받을 수 있도록 만든 예술인 패스를 발급 받았는데 전시, 공연 할인과 같은 혜택이 있었다.

쓸 수 있는 분야는 공연, 전시, 박물관, 미술관 등이었지만 지역 예술인들은 쓰고 싶어도 이 혜택을 누릴 수가 없었다. 가맹 페이지를 보니 서울, 수도권과 그 외 지역은 페이지 수에서 차이가 엄청났다. 박물관도, 미술관도, 전시 공연 모두. 분명 각종 문화전시공간 할인이 있다고 했다. 몇 번이나 내가 갈 수 있는 지역 위주로 검색을 해보았지만, 서울과 비교하면 수가 너무 적었다. 예술인 혜택을 주기 위해 만든 카드였지만, 지역 예술인들은 수도권에 가지 않는 한 쓸 일이 많지 않았다.

'내가 잘못 검색했나? 예술인 혜택 받을 수 있는 곳이 너무 적네?'

'이번 달에 혜택 받을 수 있는 전시는 대부분 수도권에만 열리네? 그럼 서울에 가야만 이 혜택을 받을 수 있는 거잖아?'

'지역 예술인들은 결국 혜택 못 받는 거나 다름없네?'

부산에서도, 타지역에서도 이 예술인 혜택을 받을 일은 별로 없었다.

문화예술뿐만 아니라 일상생활에서도 차이는 느껴졌다. 뉴스 등에서 자주 쓰이는 '여의도의 몇 배'라는 표현은 서울 산 지 몇 년이 지나도 잘 와닿지 않는다. TV에 나오는 맛집에 입맛을 다시다가 주소를 찾아보면 수도권인 적도 많았다. 주소가 서울인 곳은 앞에 도시명이 잘 붙지 않는다는 것도 깨달았다. 실시간 검색어에 2호선이 뜨면 서울의 2호선을 뜻하며, 부산의 2호선은 '부산'이란 지역명이 붙었다. 역 이름 또한 서울 ○○역이 아닌, ○○역이라고 불렀다.

부산에서는 보기 힘든 유명 연예인의 공연과

유명 아티스트의 전시를 서울에서는 자주 접할 수 있었다. 한국의 대중문화가 해외에서도 인기를 얻고 있다는 뉴스를 듣는다. TV에서 연신 한국의 문화예술 발전에 대해 칭찬을 늘어놓는다. 기분 좋은 뉴스지만 낯설기도 하였다. 뉴스 속에 비치는 한국의 모습은 대부분 서울이었기 때문이었다.

분명 우리나라에서 일어나고 있는 일인데도 낯설게 느껴졌다. 한국의 문화예술이 발전했다고는 하지만 지방에서 자란 나에게는 다른 세상 이야기 같았다. 좋아하는 가수의 공연을 보기 위해서는 서울에 있는 콘서트장으로 가야 하거나, 지방 순회공연이 있길 기다려야 했다. 그마저도 드물어 여유가 되지 않는다면 평생 못 갈 수도 있다.

서울을 벗어나면 예술가의 수는 확 줄어든다. 기분 탓이 아니었다. 지역의 번화가를 걷다 보면 예술 활동을 할 공간이 절대적으로 부족하다는 것을 깨닫게 된다. 작품을 팔 상업공간도, 전시공간도 적다. 지역에서는 예술가들이 설 자리가 적다. 제2의 도시라고 불리는 이곳, 부산에서도 마찬가지였다. 이런 일이 계속 쌓일수록 서울과 지방의 격차가 크게 느껴졌다.

'서울공화국.'

내가 정말 도심과 많이 떨어져 있는 곳에 살고 있었다면 이런 격차에 대해 받아들였을지도 모른다. 하지만 부산은 대한민국 제2의 도시라고 불리는 곳. 더군다나 광역시이다. 이런 광역시에서조차 학업, 일자리, 문화예술 등의 격차를 느끼게 된다면 큰일이 아닐까?

"그렇게 혜택을 받으며 살고 싶다면 네가 서울에 살면 되잖아?"

누군가에게는 답이 될 수도 있는 대답이었다. 하지만 나에게는 공감 가지 않는 대답이었다. 지역에서 서울로 올라가는 예술계 지인이 많아질수록 '모두가 서울에 올라간다면 지역의 예술 발전은 누가 해?'란 슬픈 생각이 들었다.

그리고 얼마 뒤, 벌어지기 시작한 격차를 이겨낼 수 없었던 나 또한 결국 서울에 올라갈 수밖에 없었다. 그렇게 서울에서 일하고 작업을 시작했다.

한 명의 지역인으로서 바라본 서울은 문화적 인프라가 잘 갖춰져 있었다. 일자리, 문화 혜택, 교육 등 모든 것이 몰려 있었다. 아트페어도 수시로 열리고 활동하는 아티스트도 많았다. 예술 관련 강의도 대부분 서울에서 열렸기 때문에 마음만 먹으면 들을 수 있었다. 사람이 많은 만큼 정보를 얻기도 쉬웠다. 디자이너 편집숍도 많았다.

서울 사람이라고 그 혜택을 다 누리는 건 아니겠지만, 서울에 사는 한 언제든지 혜택 누릴 기회를 잡을 수 있다는 것만으로도 부러웠다. 각종 변화를 경험하고 나니 시야가 넓어지는 기분이 들었다.

'사실 다른 지역은 발전하고 있는데, 내가 모르는 게 아닐까?'

'궁금하니 직접 가 보자.'

다른 지역은 어떨까 싶어 기회가 될 때마다 여러 도시를 돌아다녀 보았다. 하지만 관광객의 눈으로 보아도 서울과 지역 간 격차가 느껴지는 건 마찬가지였다. 서울보다 부족한 전시장 수, 넓지만 교통이 불편한 자리에 있는 박물관, 규모와 비교하면 관람객이 없는 전시공간이 눈에 들어왔다.

전주, 포항, 목포, 경주, 광주 등 많은 도시의 예술공간을 찾아갔다. 내가 잘못 생각하고 있는 건지, 아니면 정말 서울과 그 외 지역의 격차가 큰 건지 확인하고 싶었다. 각 지역의 박물관을 가고, 미술관을 갔다. 예술 관련 장소가 있다면 시간이 허락하는 한 탐방을 했다. 하지만 가는 곳마다 사람이 없어 한산했다. 공간 안에 먼지 쌓인 상품들을 볼 때마다 속상했다. 지역민이 모르는 장소도 많았다. 그럴 때마다 지역의 도시마다 특징과 매력이 점점 흐려지는 기분이 들었다.

하지만 늘 멈춰 있는 건 아니었다. 시간이 지나자 각 지역에서 예술을 하는 작가들의 소식이 들리기 시작했다. 로컬 잡지와 지역 예술가들의 소식이 가득한 SNS의 발달 덕분이었다. 다른 지역에도 새로운 문화예술 공간을 건축한다는 소식이 많이 들린다. 세상이 빠르게 발전할수록 지역의 문화예술 소식도 빠르게 전달되었다.

예술작품을 팔 수 있는 온라인 플랫폼이 늘어나면서 작가들은 자신이 사는 지역에서도 전국을 대상으로 창작물을 팔 수 있게 되었다. 몇 년 전만 해도 비어 있던 곳에 아트 마켓, 예술 전시공간이 생겼다. 지방자치단체의 지원도 많이 생기며 아티스트들의 창작환경이 점차 갖추어져 갔다. 희망이 생겼다.

지역 도시에서의 예술은 관광수익으로 연결될 때가 많다. 불과 몇 년 전만 해도 평범한 골목이었던 곳에 벽화가 그려지고, 밝은 색채가 덧발라지고, 관광상품 가게가 들어왔다. 그러자 입소문을 타고 관광객이 몰려왔다. 부산 외에도 여러 지역의 이런 환경디자인 사례를 보면 지역 발전에 가속도가 붙는 것 같아 기분이 좋아졌다.

다른 지역 도시에 갈 때마다 해당 도시에 거주하는 아티스트의 작품들, 특산품과 아티스트의 콜라보레이션, 그리고 지역의 특징이 물씬 묻어나는 전시회에 꼭 들르는 편이다. 그런 곳에서는 젊은 작가들의 다양한 시도가 보였다. 자신의 지역에 애정을 듬뿍 갖고 작업하는 작가들의 작품들을 볼 때마다 가슴이 두근거렸다.

자신이 나고 자란 도시에서 생계를 유지하며 예술을 할 수 있다면 앞으로 지역 예술인이 많이 늘어나지 않을까 하는 기대감이 생겼다. 코로나가 끝나면 여러 지역을 여행해 보고 싶다. 앞으로 또 어떤 발전이 있을지, 어떤 예술 관광지가 생길지 기대가 된다. 그곳의 아티스트들의 지역색 물씬 나는 상품을 사고 싶다.

외국에서 만난 반짝이는 지역 도시들

대학교를 다니면서 방학 기간에 여행을 많이 했다. 디자인과 창작을 하려면 시야가 넓어야 했다. 국내, 해외 가릴 것 없이 기회가 된다면 열심히 다녔다. 체력 낮은 집순이다 보니 별일 없으면 집 밖을 잘 안 나가는 성격이긴 하지만, 작업과 관련 된 여행은 좋아했다.

대학 졸업 후 가게 된 일본의 대학에서는 특이하게도 방학 과제로 여행 리포트를 내줬기 때문에 리포트를 쓰려면 어디든지 돌아다녀야 했다. 대학생이 웬 방학 과제인가 싶었지만, 내 전공의 교수님들은 그랬다. 리포트에 넣을 내용을 생각해야 했기 때문에 기존의 계획보다 더 돌아다녀야 할 때도 많았다. 그저 과제를 위해서 여행을 가는 거라면 금방 힘들어했을지도 모른다. 하지만 나는 학생 때부터 개인 작업을 했기 때문에 내가 가는 곳에서 배우는 역사, 문화를 기대하며 여행 계획을 세울 수 있었다.

목표가 있는 여행인 만큼, 방문하는 지역의 박물관, 미술관을 꼭 가 보려고 했다. 다양한 국가, 도시, 관광지를 돌아다니며 작업에 도움이 될 만한 정보를 열심히 담아내었다. 그래서 여행지를 고를 땐 박물관, 미술관이 있는 곳이 첫 번째였다.

몸은 힘들었지만 보고 듣고 경험하는 것들 모두가 나에게 도움이 되었기 때문에 멈출 수가 없었다. 기회가 될 때마다 여행을 꾸준하게 했고, 그 시간을 통해 '지역 균형발전'에 대해 고민을 하게 되었다.

여러 국가와 도시를 돌아다니면서 '수도가 아닌 지역 도시에 가도 문화시설이 잘 되어 있네?'라는 생각을 가지게 된 도시가 몇 있었는데, 그중 하나가 영국의 도시 바스였다.

몇 년 전 영국 남서쪽에 있는 도시 바스에 갔을 때였다. 도시명이 Bath(바스, 목욕)인 이 도시는 이름 그대로 온천 도시이며, 18세기엔 휴양과 요양의 도시로 번성한 곳이었다. 여행의 목적이 런던을 포함한 타지역의 박물관, 미술관 방문이었기 때문에 바스에 대해서는 영국 런던 근교의 도시라는 것 외엔 별다른 사전 지식 없이 도착하게 되었다.

버스에서 내리자마자 휴양도시다운 잔잔한 분위기가 느껴졌다. 아기자기한 카페와 기념품 가게, 웅장한 건축물이 눈길을 사로잡았다. 관광객들은 주변 상점을 돌아다니며 쇼핑을 하고 있었다. 비수기인데도 관광객이 많이 보였다. 가이드의 설명을 듣는 관광객 무리, 배낭여행을 온 듯한 여행자도 보였다. 나는 버스에서 내린 직후였기 때문에 도시 규모라던가, 상점가를 다 살펴보지 않은 채, 로만바스의 박물관으로 들어갔다.

로만바스는 건물 위쪽이 트인 정원 '파티오(Patio)'처럼 하늘이 보이는 거대한 노천온천탕인데, 2층의 테라스를 통해 이 노천온천탕 유적을 전체적으로 볼 수 있는 구조였다. 관람 중 뜨거운 수증기가 느껴질 정도로 지금도 온천이 나오는 곳이다.

'이 도시는 수도가 아닌데도 관광객이 많네. 큰 도시인가?'

호기심을 갖고 박물관 안으로 들어갔다. 규모가 아주 큰 박물관은 아니었지만, 로만바스의 유적과 그것을 재현해 놓은 모습, 온천수가 나오는 모습을 보며 이 도시가 얼마나 보존을 잘했는지 알 수 있었다. 과거의 모습을 그래픽으로 재현해 놓은 곳도 있어 당시의 로만바스를 어렵지 않게 상상하며 흥미롭게 관람을 할 수 있었다.

박물관 밖의 가게에는 목욕용품과 화장품이 진열되어 있었다. 한눈에도 '바스'라는 도시의 특징이 보이는 관광상품이었다. 쭉 늘어선 상점가를 보며 굉장히 발전한 도시라는 생각이 들었다. 도시를 걸으며 구경을 하니 도시 사람들보다 관광객이 더 많이 보였다. 활기차 보이는 광장, 도시 곳곳에 잘 보존된 유적, 깔끔하게 꾸민 가게들이 눈을 즐겁게 만들었다.

'바스는 규모가 큰 도시인가?'

나중에 지도를 보기 전까지 이 '바스'라는 도시가 런던만큼은 아니더라도 매우 큰 관광 도시라고 생각을 하였다.

관광버스를 기다리며 잠시 쉬고 있는데, 자신의 그림을 파는 한 예술가를 보았다. 그 예술가는 영화의 촬영지인 풀테니 다리를 그린 그림엽서를 팔고 있었다. 디지털인쇄였기에 금액도 10파운드로 저렴했다. 일반 그림엽서인가 했는데, 자신의 서명을 새기고 몇 번째로 인쇄된 엽서인지도 적힌 한정판 그림에 가까웠다. 그림에서 바스라는 도시에 대한 애정이 물씬 묻어났다. 나는 기념품으로 그 그림을 구매하였다. 굉장히 마음에 들었기 때문에 여행 중에도 그림을 볼 때마다 바스가 떠올랐다.

여행 마지막 날, 가이드로부터 "어떤 도시가 가장 기억에 남아요?"라는 질문을 받았다. 나는 주저 없이 "바스요!"라는 대답을 하였다. 한국에 돌아온 뒤에도 이 그림엽서를 보며 바스를 떠올렸다. 수도인 런던과 비교하면 규모는 작은 도시인 바스지만, 도시 전체가 유네스코 세계문화유산으로 지정되어 있다.

이 잔잔한 도시에 큰 매력을 느꼈다. 바스는 '수도가 아닌 지방이 발전하려면 어떤 게 필요할까?', '과거 번화한 도시라고는 하지만 이렇게 관광객들이 많고 도시의 특성이 잘 드러나는 곳은 정말 멋지구나.' 하는 생각을 하게 했다.

동유럽, 서유럽, 동남아, 일본, 중국, 미국 등을 여행할 때마다 느낀 것은 수도 외 여러 지역에도 박물관, 미술관이 잘 정비되어 있다는 것이었다. 물론 관광지 위주로만 돌아다녔기 때문일지도 모른다. 하지만 지역의 문화예술 시설도 상당히 잘 갖춰진 국가가 많았고, 관광객도 많았다. 지역의 문화예술 공간이라고 해서 작은 규모는 아니었다. 소장품도 알차게 보존된 데다가, 각 지역의 특징을 살려 전시를 해 놓은 박물관이 많았다. 길거리에 예술가들이 많았고, 그 예술가들은 그 지역의 풍경을 그려 팔았다. 관광지에는 기념품 가게들이 많아 각 도시의 특징이 잘 드러나는 기념품을 손쉽게 살 수가 있었다.

'부산에도, 다른 지역에도 지역색이 가득한 미술관과 박물관이 많이 있으면 좋겠다.'

각 지역의 특징을 잘 살린 해외의 문화예술 시설을 볼 때마다 언젠가 보았던 서울과 지방의 문화 격차 그래프가 떠오르며 씁쓸해졌다. 지방도 충분히 발전하고 있다는 걸 반박하듯 수도권과 지방의 문화 격차가 5배 이상 차이 나는 그래프였다. 지역 균형발전은 그저 꿈인 걸까. 언제부터 이렇게 격차가 벌어진 걸까. 매년 뉴스에 나오는 그래프는 '정말 서울로 가야 예술 활동을 할 수 있는 걸까?' 하는 생각을 더욱 솟구치게 했다.

외국의 영화, 만화, 드라마를 보면 반드시 수도가 배경인 건 아니었다. 수도권 외에도 다양한 도시가 배경이 되었고, 각 도시만의 문화가 드러났다. 그리고 콘텐츠가 성공하면 작품의 배경이 된 곳을 여행하기 위해 관광객들이 많이 몰려갔다. 그 지역에서 성공한 예술가가 있다면, 왜 이런 그림을 그렸는지, 이런 그림을 그리게 된 역사적 배경이 무엇인지, 왜 그 지역에 자리 잡게 되었는지 하나의 스토리텔링이 될 수 있다. 그리고 그 스토리텔링을 이용하여 전시도 하고 기념품까지 만들 수 있다.

예술에도 스토리텔링이 중요한 시대에 지역의 특색을 이용한다면 한국도 문화예술 면에서는 충분히 지역 균형발전이 될 수 있지 않을까 하는 생각을 한다.

일본 도쿄에서 미술대학을 다니고 있을 때였다. 미술대학 특성상 진로가 취업과 아티스트로 나뉘는데, 취업 준비를 하는 학생들 사이에서 이런 대화가 오갔다.

"본사가 있는 오사카로 가고 싶다."

도쿄에서 지방으로 가고 싶다니. 한국에서는 "서울에 가야지? 예술을 하려면 서울에 가야 해."라는 이야기만 들었던 나였기 때문에 그 대화에 잠시 멈칫했었다. 일본의 지역마다 대기업 본사가 있다는 건 알았지만, 막상 학생들 입에서 '도쿄에서 본사가 있는 지역으로 간다.'라는 말을 들은 건 사실 신선한 충격이었다.

대기업 본사가 지역에 있다는 건 지역에도 중견기업, 탄탄한 중소기업이 많다는 뜻이기도 하다. 홋카이도, 나고야, 오사카, 교토, 후쿠오카를 포함한 각 지역에는 기업뿐만 아니라 특징이 드러나는 미술관, 박물관이 많았다. 여행 갔던 다른 나라들처럼 일본도 각 지역에 일자리가 있고 마음만 먹으면 문화예술도 충분히 즐기며 살아갈 수 있는 게 신기하고 부러웠다.

지역에도 대기업 본사가 많아진다면?

지역에도 문화예술 시설이 다양하다면?

지역에도 교육의 질이 더 높아진다면?

지역에도 사람들이 많이 몰리지 않을까?

지역도 균형적으로 발전할 수 있지 않을까?

그렇다면 서울에 몰려 살 필요 없이 각자의 목표와 필요에 따라 지역을 이동하며 살 수 있지 않을까?

새로운 시작을 위해 버텨낸 막말의 시간

아직 긴 인생을 살았다고 할 순 없지만, 나에게도 인생의 전환점이 몇 있었다.

부산에서 대학을 다닐 때였다. 방학마다 학원에 다니며 일본 유학을 준비하던 중, 동일본 대지진이 일어났다. 후쿠시마 쓰나미와 원전사고 뉴스가 며칠 동안 이어졌다. 원래 계획대로라면 한국의 대학을 자퇴하고 일본에서 입시 시험을 쳐서 일본의 대학을 다니려고 했다. 하지만 동일본 대지진이 터진 후 그동안 준비한 모든 게 엉망이 되었다. 갑작스러운 재난으로 인한 혼란과 공포로 유학생들이 되돌아오는 일도 있었고, 여진으로 인한 고통을 호소하는 사람도 있었다.

"일본어 필기 가능한 전자사전 있나요?"

"아… 그게, 지금은 수입되지 않습니다. 지금 일본 상황이 좋지 않아 수입이 막혔거든요. 아마 당분간 이 상태일 겁니다."

엎친 데 덮친 격으로 일본 제품의 수입에 문제가 생겼다. 전자제품 상점에 가 봤지만, 일본어 공부에 필수인 일본 한자 필기 인식이 되는 전자사전조차 구하기가 힘들었다. 전자제품 판매대에 가 보아도 물건이 보이지 않는다. "수입이 막혔다.", "당분간 입고가 불안정하다."라는 대답을 몇 번이나 들었다. 인터넷을 한참 뒤져 겨우 리퍼 물품을 찾아내 일본어 공부를 할 수 있었다.

미술도구 사정도 마찬가지였다. 당시 일본에서 수입되는 미술도구들이 많았는데, 수급이 원활하지 않아 재고가 떨어지면 언제 다시 입고될지 알 수 없는 상황이었다. 자주 쓰는 도구를 바꾸기란 쉽지 않았다. 그렇다고 어영부영 불안한 미래를 붙잡고 있을 순 없었다. 이미 재수를 해서 동기들보다 1년이 늦은 상태였다. 나는 좀 더 기다리며 기회를 보기로 했다. 그렇게 한국에서 4학년이 되었다.

4학년이 되기 전, 나는 취업과 진학 사이에서 고민에 빠졌다. 취업보다 공부를 더 하고 싶었다. 나는 잠시 미뤄 두었던 일본 유학을 다시 준비했다. 일본 유학을 결정했기 때문에 바로 일본에서 생활할 수 있도록 일본어 실력을 더 늘려야 했다. 그래서 일본에서 1년간의 어학연수를 하며 일본 대학 입시를 함께 준비하는 방법을 생각했다. 마음을 정하자마자 방학 중 번화가에 있는 일본어 학원에 등록했다.

부산은 일본과 가까워서 일본어를 쓸 일이 많은지, 일본어를 배우려는 사람이 많았다. 수강생들은 학생, 직장인이 섞여 있었는데 목표도, 나이도 다양했다. 나 또한 목표가 있었기 때문에 열심히 해야 했다. 매일 출석을 하였고 화이트보드가 잘 보이는 앞자리에 앉았다. 하지만 공부엔 재능이 없었던 걸까. 열심히 공부해도 수업을 따라가기엔 버거웠다.

디자인을 전공했지만, 일본어가 필요할 때가 많아 조금씩 공부를 했었다. 해외 자료나 뉴스를 본다던가, 과제를 하기 위해서 원서를 읽어야 할 때가 있었다. 유학이 첫 번째 목적이었지만 일본에서 출판된 디자인 책의 원서를 읽고 싶은 마음에 공부를 더 하고 싶었다.

내가 다니던 일본어 학원반은 일본어능력시험을 준비하는 중급 단계였는데, 내가 듣는 과목의 강사는 학생들에게 막말을 하기로 유명했다. 막말은 나뿐만 아니라 수강생 전체에 해당되었다. 그러자 10명 남짓했던 강의실에 한 명씩 결석자가 생겼다.

"저 도저히 그 강사랑은 수업 못 하겠어요."

"영아 씨. 그 강사, 유독 영아 씨에게 막말 많이 하는 거 아세요? 영아 씨가 조용히 수업만 들어서 만만하게 보는 것 같아요."

"영아 씨. 무시하는 말을 들으면서까지 공부하지 마세요."

몇 명의 수강생들은 그만두기 전, 나에게 걱정스러운 말을 해 주고 갔다. 결국, 나를 포함해서 세 명의 수강생만 남았을 때 강사의 막말은 수강생 중 가장 일본어 실력이 뒤처졌던 나에게로 향했다. 수강생 중 한 명은 일본의 명문대학을 다니고 있는 학생, 나머지 한 명은 일본어과 학생이었다.

"정말 이 한자 몰라? 배웠는데도?"

"영아 씨, 정말 공부하는 거 맞아?"

강사는 수업 중에도 내 일본어 실력을 자주 비꼬았다. 배우기 위해 일본어 학원에 다니는 건데도, 유독 나를 향한 비꼬는 말에 자존심 상해 가며 공부를 해야 했다.

강사는 수강생 한 명을 유독 좋아했다. 일본의 명문대학을 다닌다는 학생이었다. 방학을 맞아 한국에 온 김에 일본어 수업을 듣는다는 이 명문대생을 자주 칭찬했다.

"애가 다니는 S 대학은 일본 도쿄에 있는 명문대학이야. 알아? 거긴 정말 명문이라고. 상위 일본대학에도 뒤처지지 않는 명문대! 입결도 얼마나 높은지 알아?"

강의는 어느 순간 그 일본 명문대생 위주로 변했고, 수업 내용에 사적인 대화가 많이 섞였다.

"袋(부쿠로)는 주머니라는 뜻이야. 넌 도쿄에 사니까 지명으로 池袋(이케부쿠로) 많이 들어봤지? 익숙할 테니까 한자 같은 건 금방 외우겠네."

"弁当(벤또, 도시락) 할 때 그 '벤'이야. 일본에서 많이 본 글자지? 시부야(渋谷, 도쿄 23구 번화가 중 하나)의 이 한자도 표지판 같은 데에서 자주 보던 거지?"

노골적으로 수업 내용이 변하자 명문대생도 어색한 웃음을 지으며 수업을 들었다. 이 학생은 자신의 일본어 실력을 늘리고 싶어 수강을 한 거라 강사의 이런 관심을 부담스러워했다. 그러거나 말거나 강사는 가장 실력이 뒤처지는 나를 무시한 채 나머지 수강생들과 강의를 계속 진행해 나갔다.

그래도 꿋꿋하게 앞자리에 앉아 수업을 듣는 내 모습이 신기했는지 어느 날 강사는 미술대학 다니는 내가 일본어를 왜 배우는지 물었다. 나는 "일본의 미술대학에 가고 싶어서요."라고 솔직하게 대답하였다.

"일본 미술대학을 가겠다고? 네가?"

"어디가 목표인데? 뭐? ○○ 미술대학?"

"너 M 미술대학 아니면 갈 가치가 없어! ○○ 미술대학이라고? 거긴 또 어디야. 야! M 미술대학 가! M 미술대학 아니면 가지 마!"

"(도쿄) 3대 미대 아니면 다 필요 없어! 거기 못 간다면 다 때려치워."

"네 실력으로 일본 간다고? 밥 하나도 못 시켜서 쫄쫄 굶겠네."

"이것도 못 읽어? 진짜?"

"너 일본 가서 수업 못 알아듣고 그러는 거 아냐?"

강사는 흥분하며 나에게 막말을 퍼부었다. 수업 듣다가 갑작스럽게 맞게 된 날벼락이었다. 내 목표를 말하자마자 순식간에 짓밟혀졌다.

당시 내가 목표로 했던 ○○ 대학은 (도쿄) 3대 미술대학은 아니었지만 그래도 유명한 대학이었다. 나 또한 M 미술대학을 목표로 하고 싶었지만 내 실력으로 들어가기 어려울 거라 판단해 포기하고 있던 참이었다. 내가 별다른 대꾸를 하지 않자 강사는 수업시간마다 나에게 공격을 해 댔다.

"너 일본 가서 히라가나만 하고 오겠네?"

"대체 뭐 하러 가는 거야? 히라가나만 배우고 오려고?"

일본어 한자에 약하긴 했지만 수업시간마다 막말을 들을 만큼 최악의 실력은 아니었다. 강사가 나에게 대학 관련 막말을 퍼붓기 전까진 무시하면서 수업을 들을 수 있을 정도였다. 하지만 목표 대학을 말한 이후 강사는 막말의 강도를 더 높여 갔다.

이미 이 강사는 막말로 학원 내에서 경고를 받은 적이 있다는 소문이 있었기 때문에 나도 신고를 할까 고민을 하기도 했다. 그렇지만 신고를 하고 끝내 버리면 강의를 다시 찾아야 하고, 수강생이 모이지 않으면 폐강이 되어 수업을 들을 수 없었다. 나에겐 시간이 너무 부족했다.

결국, 강사의 막말을 끝까지 참고 수업을 듣기로 했다. 강사의 막말은 나를 자극했고 마음속 깊이 분노가 불붙게 했다. 강사가 말한 M 미술대학은 당시 나에겐 아주 높은 목표라서 포기하고 있었지만, 막말을 들은 후 마음을 바꿨다.

'M 미술대학에 합격해 줄 테다.'

오기가 생겼다. 방학이 끝난 뒤 학기 중에도 일본어 학원을 다녔다. 그런데 하필 내가 등록 가능한 아침 수업시간을 그 막말 강사가 맡고 있었다. 아침 일찍 일본어 수업을 듣고 학교에 가서 오전수업을 들었다. 공강이 생기면 도서관에 가서 일본 디자인 원서를 읽으며 필요한 단어를 습득하였다. 꿈이 있었기 때문에 포기하기 싫었다. 교직 이수와 타과 수업을 함께 들으며 포트폴리오 준비, 일본어 준비를 병행했다.

"어…. 코피…."

내 체력에 비해 무리한 탓에 수업시간에 자주 코피를 흘렸다. 수업에 방해가 될 만큼 코피가 자주 터지자 병원에 가서 콧속 혈관을 지진 후 다시 공부해야 했다.

일본에 가기 위해 수강을 끝내기 전까지 강사는 막말을 그치지 않았다. 화가 났지만 신경 쓰기엔 시간이 너무 아까웠다. 그래도 그냥 지나치기엔 말 한마디 한마디가 가슴을 계속 치고 들어왔다. 거의 매일 무시당하는 말을 듣다 보니 자존심이 많이 꺾였다. 속이 상해서 남몰래 울기도 하였다.

'속상할 때마다 이렇게 울고 있을 순 없어.'

마음을 강하게 먹었다. 공부하고 싶고, 더 많은 작업을 하고 싶었다. 여기서 힘들다고 아직 시작도 안 한 터에 주저앉아 울고 있을 순 없었다. 눈물을 닦고 다시 일본어를 외우고, 미술 공부를 했다. 막말을 들어도 한 귀로 흘려 보내고 아무렇지도 않게 계속 수업을 들었다. 그렇게 마음먹은 뒤로 막말 같은 건 들리지 않았다.

그랬더니 작은 변화가 생겼다. 매일 속상해서 힘들었던 정신이 다시 맑아지는 기분이 들었다. 필요 없는 걸 쳐내자 내가 가야 할 앞만 보였다.

무료로 그림 올려 주세요

작업용 메일함을 자주 확인하는 편이다. 그런데 가끔 당황스러운 메일이 발견되곤 한다. '무료로 그림 그려 주세요. 돈은 줄 수 없지만 홍보해 드릴게요.'라는 내용이다.

작품 활동이 늘어날수록 이런 메일이 자주 도착한다. 요구하는 것도 다양하다. 앨범자켓 이미지, 웹툰, 아이콘, 일러스트 등이다. 읽어 보면 당황스러운 내용이 한가득이다.

'지금은 무료로 작업하지만, 앞으로 나올 수익을 분배해 주겠다.'

'작가 이름을 넣어 주겠다.'

처음에는 잘 모르고 '작가 홍보' 해 준다는 말에 홀려 몇 번 작업을 시작한 적이 있다. '유명해지고 싶다.'는 욕심이 있던 시기였다. 아마추어 게시판에 올린 웹툰을 통해 컨택이 몇 개 들어왔다. '자신들의 회사 홈페이지에도 무료로 웹툰을 올려주면 좋겠다. 홍보가 될 거다.'라고 했다.

웹툰을 올렸지만 홍보는 전혀 되지 않았다. 시간이 지날수록 '무료로 계속 작업을 해도 되는지', '이 업계가 원래 이런지'에 대한 의문이 생겼다. 당시 나는 대학생이었고, 창작 작업을 갓 시작할 때였다. 물어볼 사람이 없어 속으로만 끙끙 앓았다. 시간이 지날수록 자존감이 점점 깎여 갔다. 그러던 중, 작업물을 무료로 올리던 홈페이지에서 이벤트를 진행했다. 나는 작가 특혜로 허니 브레드 하나를 받게 되었다.

이벤트로 받은 허니 브레드를 앞에 두고 카페에서 생각에 잠겼다. '내 작업물의 가치는 고작 이 허니 브레드 하나밖에 안 되는 걸까?' 디자인을 전공하면서 방황하던 시기였기 때문에 벌써부터 내 작업물의 가치가 이렇게 매겨졌다는 게 두려웠다. 앞으로의 미래가 불투명하게 보였다. 내가 지금 하는 작업물의 가치를 높일 방법이 없는지, 정말 나에게 미래가 없는 것인지 진지하게 고민을 했다.

'내 작업물은 완성도가 낮으니까 빵 하나의 가치밖에 안 될 거야.'라는 생각을 해 버린 나에 대해서도 반성을 했다. 고민 속에서 몇 개의 선택지가 보였다. 이대로 계속 가치를 떨어뜨리는 작업을 할 것인지, 아니면 노력해서 발전할 것인지. 나는 후자를 선택했다. 앞으로 허니 브레드 하나에 작업물을 팔아넘기는 일은 하지 않겠다, 스스로 가치를 떨어뜨리지 않겠다, 다짐했다. 해당 홈페이지의 작업물을 모두 내렸다. 그러고 나니 속이 시원해졌다.

이후, 무료로 작업을 요구 받는 일이 창작자들 사이에서 문제가 되었다. 피해자는 나뿐만 아니었다. 여러 사례가 나왔다. 작업 비용에 대해 문의하면 연락이 끊기거나 작업물을 올린 홈페이지가 통째로 사라지는 경우도 생겼다. 심한 경우 저작권을 뺏기기도 하고 그 과정에서 회사와 분쟁이 생기기도 하였다.

'난 창작자가 되고 싶은데, 이대로 대학 졸업을 하고 나면 과연 내가 창작자로서 살아남을 수 있을까.'

'계속 창작을 하는 게 옳을까.'

일본 유학을 준비하고 있던 때라 창작활동을 계속할 것인지에 대해 더욱 고민이 되었다. 하지만 고민에 대한 결론은 금방 내려졌다. 유학 준비로도 바빴지만, 메일함과 쪽지함, 블로그 안부 게시판까지 쌓여 있는 무료작업 요구 글을 본 후 회의감이 들었다. 나는 결국 창작활동을 줄였다. 앞으로 무료 작업을 요청하는 메일을 받지 않도록 내 가치를 높여야겠다고 다짐했다.

편입 시험을 앞두고 왼팔을 다치다

우여곡절 끝에 도쿄에 갔다. 계절은 겨울이었고, 간 지 얼마 안 되어 새하얀 눈이 내렸다.

한국에서 4년제 대학을 다니던 나는 유학 비자를 받고 졸업 유예를 한 뒤 진학을 위한 어학연수를 시작하였다. 다행히 졸업 가능 학점보다 더 많이 채운 데다가, 진학 목적이기 때문에 졸업생보단 학생 신분을 유지하는 게 더 유리할 것이라는 조언을 듣고 선택한 방법이었다. 졸업자가 아닌 졸업예정자였기 때문에 국제 학생증도 사용 가능했다.

한국에 비해 따뜻한 겨울이지만 폭설이 내리

던 날부터 내 일본 생활은 시작되었다. 어학연수부터 차근차근 하기로 생각하여 일본 도쿄 신주쿠에서 미대 입시가 가능한 일본어학교를 다녔다. 아침부터 오후까지 어학 공부를, 오후부터는 미술 실기 준비를 했다. 목표 대학은 막말 강사가 자주 언급했던 M 미술대학이었다.

처음엔 어학연수 후 대학원 진학을 생각했지만, 마음 한구석엔 대학원보단 학부를 더 다니고 싶다는 생각이 있었다. 대학원 연구에는 자신이 없었기에 연구보다는 학부에서 디자인을 더 공부해 보고 싶었다.

나는 주변의 조언을 듣고 학업 시간을 단축하기 위한 방법으로 3학년부터 시작하는 편입학을 계획했다. 다만, 편입학은 유학생 전용 입시가 아니었기 때문에 따로 준비해야 했다. 전공지식에 대한 면접도 필요했고, 실기도 쳤다. 무엇보다도 일본인들과 경쟁을 해야 했기 때문에 편입 준비는 쉽지 않았다.

막말 강사는 나에게 "너 일본 가서 수업 못 알아듣고 그러는 거 아냐?"라고 조롱했지만 나는 어학교에서 차근차근 단계를 올리며 수업을 들었고,

일본 생활에 조금씩 적응해 나갔다.

외국에 가서 처음에 귀가 트이려면 3개월이 필요하다고 한다. 나는 일본에 온 지 약 3개월쯤 되었을 때, 의외의 곳에서 말이 확 트였다. 그곳은 바로 K 대학병원 응급실이었다.

교통비가 비싼 일본에서는 자전거가 필수였는데, 내가 타고 다니던 자전거는 내 몸집보다 조금 더 컸다. 따뜻한 봄날, 자전거를 타고 하라주쿠로 가는 길에 무언가에 걸리며 사고가 났다. 순식간이었다.

자전거에서 튕겨나가 퍽 소리를 내며 아스팔트 지면에 떨어졌다. 무의식중에 오른쪽을 안 다치려고 했는지 왼편으로 넘어졌다. 몸이 안 움직였다. 내 주변으로 사람들이 둘러싸고 누군가가 나를 일으켜 세웠다. 피가 보였다. 웅성웅성 소리도 들렸다. 구급차를 불러 준 사람도 있었고, 피를 닦아 주는 사람도 있었다. 경찰과 구급차가 오고, 사람들은 자전거를 길가에 치워 주었다.

정신없이 구급차 안에서 피를 닦으며 경찰에게 내 신상정보를 이야기했다. 말할 때마다 피가 나왔다. 피 냄새가 비릿했다. 입안을 다쳐 제대로 말을 못 하자 경찰은 내 신분 확인이 될 때까지 구급차를 출발시키지 않았다. 한참 동안 구급차 안에서 경찰 조사가 이루어졌다. 일단 환자는 병원으로 보내는 한국과는 다른 시스템이었다. 경찰은 구급차의 문을 꽉 잡은 채 나에 대해 조사를 했다. 온몸의 통증이 점점 커지고 있었다. 나는 피투성이가 된 입으로 이야기하다가 겨우 몸을 움직여 내가 가진 소지품 가운데 증명할 수 있는 모든 신분증을 꺼내 경찰에게 보여 주며 신상을 밝혀야 했다. 내 신분증을 확인하던 중, 옆에 있던 구급대원이 말했다.

"…의료보험이 신주쿠구네요?"

그 말을 듣는 순간 눈앞이 아찔해졌다. 내가 의료보험 적용을 받을 수 있는 구는 신주쿠구였는데, 내가 사고를 당한 곳은 시부야구에 속한 하라주쿠였던 것이다. 구급차로 병원에 가도 가까운 병원이 아니라 내가 보험 적용을 받을 수 있는 구까지 가야 했다.

"신주쿠구 K 대학병원이 가능하답니다!"

구급차 안에서 구급대원의 통화 소리가 들렸다.

신분 확인이 끝나고 구급차 문을 잡았던 경찰

의 손이 놓이자마자 문이 닫히고 바로 병원으로 향했다. 입안부터 얼굴, 팔, 다리 모두 상처와 피투성이였다. 입시를 앞둔 입시생이었기 때문에 다치면 안 됐다. 다급하게 오른손을 움직여 보았다. 다행히 오른손은 이상 없었다. 긴장한 채 병원에 도착하여 바로 응급실에 들어갔다. 몸이 잘 움직이지 않아 일단 침대에 자리를 잡고 간호사가 내 상태를 확인했다. 여기저기 다친 곳이 많았다. 간호사는 응급처치 후 내 몸을 이리저리 굴리고 만져 보며 검사했다.

'오른손은 안 다쳐서 다행이다.'

나는 상처 하나 없는 오른손을 보며 안심했다. 다행히 생명에 지장은 없었지만 조금 진정되자 온몸에서 통증이 느껴졌다. 피범벅인 입안을 치료해야 했다. 내 차례가 오기 전까지 긴장을 풀어 주기 위해서였는지 간호사가 계속 말을 걸어주었다. 이것 저것 확인하던 도중 갑자기 왼팔이 안 움직인다는 걸 깨달았다.

"자. 그럼 이제 의사 선생님을 기다리면 돼요."

"간호사님…! 왼팔이…. 움직이지 않아요…! 아까부터 왼팔이 안 움직여요! 저 미술을 해요!

제가 유학생인데 미술대학 지망생이라 팔이 안 움직이면 안 돼요! 양팔을 다 쓰기 때문에…! 저 시험도 쳐야 해요! 지금 실기 시험을 준비하는데…. 미술대학 실기 시험을 준비하는데…! 도와주세요."

나는 충격 받은 목소리로 간호사에게 이야기했다. 입을 다쳐 피범벅인 상태로 말이 나왔다. 패닉 상태였다. 갑자기 팔이 안 움직인다는 충격으로 빠르게 말이 나왔다.

"진정하세요. 괜찮을 거예요. 다른 곳은 부러진 데가 없는 것 같고…. 그래도 모르니 X-ray 확인을 해 봐야겠어요…. 그런데 갑자기 일본어 왜 이렇게 잘해요…?"

계속 천천히 이야기하다가 패닉 상태에서 와르르 튀어나온 일본어 때문에 놀란 간호사는 나를 진정시켰다. 놀란 건 나도 마찬가지였다. 그동안 일본어를 쓸 땐 머릿속에서 한국어로 생각한 후 일본어로 말했기 때문에 잠시 시간이 필요했다. 이 과정 때문에 느릿느릿 이야기하곤 했었다. 귀가 트인 뒤 외국어가 익숙해지면 그 과정이 축소되며 바로 외국어로 생각하고 말하게 된다고 들었지만, 나에게는 그 시기가 아득했었다. 하지만 미술을 하는 내가, 양팔을 써야 하는 내가, 팔이 안 움직이는 상황 때문에 머릿속이 모두 일본어로 변해 버리며 바로 일본어가 나왔다. 응급실에서 일본어가 트인 것이다. 유학 오기 전 들었던 대로 일본에 온 지 3개월쯤 지났을 때였다.

간호사는 정확한 검사를 위해 X-ray실로 나를 데려갔다. 검사 결과 부러진 곳은 없었다. 나는 오른손잡이였지만 포트폴리오와 실기 시험을 위해서는 양손을 다 써야 했다. X-ray를 찍은 후 조금 시간이 지나자 팔이 아주 약간씩 움직였지만, 움직일 때마다 찌릿하며 통증이 심했다. 입안도, 다리도 피투성이였지만 이 왼팔의 후유증이 생각보다 오래 나를 괴롭혔다.

사고 치료를 위해 한동안 대학병원과 일반 병원에 다녔다. 왼팔의 움직임은 둔해졌지만, 검사상으로 문제가 발견되지 않아 다른 부분부터 치료했다. 나는 단순히 근육이 놀라서 왼팔이 잘 움직이지 않는다고 생각했다. 가방을 메거나 옷을 입는 게 불편했지만 매일 주무르고 움직여 주었다. 팔의 감각이 이상했지만 실기 시험을 안 칠 순 없었다. 불행 중 다행으로 나는 오른손잡이였다. 거기다가 응급실에서 트이기 시작한 일본어 덕분에 그때부터 일본어로 대화하는 것에 부담을 갖지 않았다.

팔의 움직임이 둔해진 만큼 예전보다 더 많은 시간을 포트폴리오와 실기 준비에 쏟아야 했다. 정말 감사하게도 어학교의 배려로 실기 수업이 끝난 후에도 마무리 청소를 하는 조건으로 실기실을 매일 쓸 수 있었다. 모든 학생이 돌아간 이후에도 실기실 청소를 하며 작업을 했다. 어학교 선생님들 덕분에 입시에 매진할 수 있었고, 밤잠을 줄여 가며 공부와 실기를 한 결과, 그렇게 가고 싶었던 M 미술대학의 합격 소식을 받았다.

일본의 미술대학에서
솔직한 내 마음을 만나다

한국에서 대학 졸업 유예를 하고 졸업예정자 신분으로 일본에 와서 어학연수와 함께 미대 입시를 준비하였고, 크리스마스 이브에 발표가 났다. 일본어학교에서 선생님들과 조마조마해하며 결과를 확인했다. 합격이었다. 그동안의 고생을 보답 받은 기분이었다.

졸업 후의 진로가 정해지자 안심이 되었다. 한국의 대학은 2월에 졸업식을, 일본의 대학은 4월에 입학식을 했기 때문에 시간의 여유가 생겼다. 그동안 언젠가 작품에 쓸 소재를 위해 열심히 도쿄를 돌아다녔다. 미술관, 박물관, 작은 골목길까지.

그리고 벚꽃이 피는 4월. 다시 대학생이 되었다.

왜 일본으로 유학 갔냐고 물어본다면 가고 싶었던 미술대학이 일본에 있었고, 그곳에 내가 배우고 싶은 것이 있었기 때문이다. 그리고 일본어를 할 줄 알았기 때문에 다른 나라에 비해 단기간에 대학 입시를 준비할 수 있었다. 하지만 '왜 도쿄로 유학 갔냐'고 물어본다면 잠시 생각을 한 뒤 입을 열 수밖에 없었다.

"도쿄가 일본의 수도니까."

단순한 답변이지만 그렇게 대답할 수밖에 없다. '예술을 하려면 서울(수도)로 가야 한다.'라는 말이 강박증처럼 머릿속에 자리 잡고 있었으니까. 머릿속에서 수없이 재생되어 내 인생을 뒤흔들었던 말이지만 정작 누가 했던 말인지는 희미하다. 어쩌면 한 명이 한 말이 아니라 여러 명이, 여러 번 했던 말일지도 모른다고 어렴풋이 추측할 뿐이었다.

'서울', '수도권', '명문대', '미술대학' 이런 키워드는 계속해서 날 괴롭혔고, 집착이 생겼다. 서울에 있는 대학에 떨어진 후에는 더 심해졌다. 부산에서도 디자인을 배울 수 있고, 그림을 그릴 수 있는데도 가슴속 어딘가가 부족한 기분이었다. 하지만 M 대학에 합격한 후, 그동안 날 괴롭히던 집착에서 잠깐 해방되었다.

"그래도 도쿄(수도)에 있는 대학에 왔으니까 다행이다."

친구들이 졸업하고 사회생활을 할 때 나는 다시 늦깎이 대학 생활을 선택하였기 때문에 불안감과 조바심이 앞섰다. 그러면서 새로운 생활에 대한 설렘도 함께 공존하고 있었기 때문에 머릿속은 늘 복잡했다.

지금 생각해도 일본의 대학 생활은 즐거웠다. 편입생이라 3학년부터 시작하였는데, 이미 대학을 한 번 다녀봤기 때문에 적응이 더 쉬웠다.

학교에서는 이무쨩이라는 별명으로 불렸다. 일본도 한국처럼 어느 정도 나이를 생각한다고 알고 있었는데, 자유로움이 가득한 미술대학이어서일까, 내 나이는 의외로 문제가 되지 않았다.

한국에서 미대를 다닐 때와는 눈에 띄게 다른

점이 있다면, 소소한 여유가 생겼다는 점이었다.

"대학에 점심시간이 있어?"

강의 시간표를 짜던 날, 대학에도 점심시간이 따로 있는 걸 보고 깜짝 놀랐다. 한국에서는 9시부터 시작하는 1교시부터 밤 7시까지 연속으로 수업을 들은 적도 있고, 따로 점심시간이 없어 수업이 겹치면 제시간에 밥을 먹지 못했다. 그게 당연하다고 여겼는데, 여기서는 점심시간이 있다는 것에 소소한 충격을 받았다.

"미술대학인데 밤샘 금지라고? 9시까지?"

또 다른 충격은 밤샘 금지라는 학칙이었다. 안전상의 이유였다. 평상시엔 9시까지, 졸업 전시 기간에는 10시까지 학교에서 작업이 가능했다. 항상 밤샘 작업을 했던 나에게는 이것 또한 놀라운 일이었다. '지금 나랑 같이 다니는 학생들이 일본의 유토리 세대(일본의 여유로운 교육을 받은 세대)라서 그런가?'라는 생각도 들었다.

처음 시작은 여유로웠다. 하지만 교통사고로 다친 왼손이 결국 문제가 되었다. 손에 쥐었던 미술도구가 몇 번이나 떨어졌다. 이게 시작이었다.

들고 가던 톱을 놓치고, 커터칼을 쥐거나 사다리를 잡고 균형을 잡는 게 힘들어졌다.

내가 들어간 곳은 공간연출디자인학과 인테리어디자인 코스였는데, 실내건축모형, 설치미술을 주로 했다. 양손을 다 쓰는 작업이 많았는데, 처음엔 괜찮다가 본격적으로 과제와 작업에 들어가자 다쳤던 왼손이 계속해서 저렸다. 손끝에서부터 팔까지 차가운 저림이 자주 왔다. 그래도 나는 오른손잡이니까 괜찮겠지 하고 안일하게 생각했다.

밥을 먹을 때 손에서 힘이 빠져 몇 번이나 수저를 놓쳤다. 오른손만 쓸 때는 몰랐는데, 포크와 나이프를 쥐었을 때 우연히 알게 되었다. 손을 주무르면 저림이 좀 나아졌는데, 시간이 지나자 양손에 떨림이 심해졌다. 왼손 대신 오른손을 평소보다 더 많이 쓴 결과였다. 무거운 도구를 들 수 없었다. 가슴이 쿵 하고 내려앉는 기분이었다. 손에 힘이 빠지는 바람에 무언가 잡고 있다가 휘청거리며 다칠 뻔할 때가 많아졌다.

보험 적용이 되어 집 근처 접골원에서 물리치료를 받자 움직임이 조금은 부드럽게 변했다. 예전만큼의 감각은 아니었지만, 통증이 줄어들었다. 자전거 사고로 다치면서 신경이 눌린 탓이라고 했다. 하지만 손 떨림과 힘 빠짐을 완벽하게 고칠 순 없었다. 작업하려면 톱과 같은 도구를 써야 할 때가 많았는데, 그런 도구를 놓쳤다간 큰 사고로 이어질 수 있었기 때문에 도구 선택에 신중해졌다.

"아얏."

작업 중 날카로운 칼을 놓치는 바람에 손 여기저기에 상처가 생겼다. 피범벅이 될 때도 있었고, 실수를 하여 화상을 입기도 하였다. 날이 갈수록 상처가 깊어지고 많아졌다. 그렇다고 주변에 "손이 아파서."라는 변명을 늘어놓을 순 없었다. 스트레칭과 물리치료를 계속하며 버텼다.

스트레스가 쌓이자 머릿속에서 방황이 시작되었다. 작업하고 싶은 마음은 가득한데 몸이 따라주지 않았다.

'뭐라도 좀 보자. 계속 앉아서 안 되는 작업을 붙잡고 있는 것보다 뭐라도 보고, 맛있는 것도 먹으면서 마음을 달래자.' 책상 앞에 앉아 멍하니 아픈 팔만 만지작거리는 것보단 그게 더 생산적이라고 생각했다.

도쿄는 일본의 수도인 만큼 문화예술 시설이 많았다. 전시회도, 유명한 건축물도 많아 휴일이 되면 가방을 메고 전철을 타고 훌쩍 어디론가 향했다. 가끔은 사이타마현, 지바현까지 갔다. 자전거를 타고 집 주변을 산책하기도 하고, 좋은 풍경이 있으면 언젠가 작업에 참고하겠다며 사진을 찍어 남기기도 했다.

미술관, 박물관을 돌아다니며 조금이라도 눈에 담기 위해 애썼다. 주변인들은 점점 앞서가는 것 같은데 나만 멈춘 것 같은 느낌이 들었다. 흘러가는 시간이 아까웠고 아무것도 안 하면 죄를 짓는 기분이었다.

스트레스가 쌓이고 풀리고가 반복되던 어느 날, 한국에서 비주얼 노벨 연재 제의 메일을 받았다. 회사에서 제공하는 캐릭터, 음악, 배경 등을 섞어 하나의 스토리를 만드는 형식인 비주얼 노벨은 잘 모르는 분야였지만 도전해 보고 싶었다. 학교생활은 눈코 뜰 새 없이 바빴지만 '지금보다 더 바빠지면 팔에 신경 덜 쓰겠지.' 하며 수락을 했고, 작업을 시작했다.

일본에 있었기 때문에 작업이 어려울 거라고 생각했는데, 예상외로 비대면으로도 충분히 가능했다. 담당자와 메일로 소통을 하였고, 원고도 온라인으로 올려 놓으면 되었다. 가볍게 시작한 일이었다.

대학 생활과 작가 생활을 병행하며 작업을 하였다. 때론 소설을 쓰며 이겨 나갔다. 여전히 팔은 아팠지만 바빠지니 잠시 아픔을 잊을 수 있었다. 무언가 집중을 하면 아픔이 잊히니 욕심이 생겼다.

어느 날, 내 과제 작품을 보시던 교수님께서 피드백을 하셨다.

"넌 하고 싶은 게 너무 많아 보여. 그래서 주제가 잘 안 보일 때가 있어."

"욕심이 너무 많아 작업물이 조잡해진다."는 교수님의 말을 듣고 나는 자신을 점검해 보았다. 어느 순간부터 조바심을 내다 보니 건강에 소홀해지기 시작했고, 결국 낯선 타국에서 건강이 무너져 갔다. 엎친 데 덮친 격으로 부산에 대한 그리움은 지독한 향수병이 되어 약해진 내 정신을 잠식

해 나갔다.

무언가 하는 것이 무서워졌다. 팔은 여전히 아팠고 저림도 심해졌다. 그렇게 원하는 목표를 이루고 새로운 시작을 하는 게 두려워졌다.

처음엔 편입 후 대학원까지 희망했지만, '내가 정말 연구를 하고 싶은 것인지, 자유롭게 작업을 하고 싶은 것인지'에 대한 고민은 계속되었다.

"이무쨩, 너 정말 대학원에 가고 싶은 거니? 정말 네가 하고 싶은 거 맞니?"

4학년이 되자 진로 상담을 위해 학과 교수님과 상담을 하였다. 나는 떨리는 목소리로 "네…." 라고 대답했지만, 연구할 자신이 없었다. 교수님과 오랜 시간 동안 이야기를 나눴다.

"…이무쨩, 네가 하고 싶은 걸 하렴."

"네?"

"너 하고 싶은 게 있지? 그렇지 않니?"

교수님의 그 말에 울음이 터져 나왔다. '네가 하고 싶은 걸 해.'라는 말은 내가 그토록 듣고 싶었던 말이었다.

내가 하고 싶었던 건 자유롭게 창작 작업을

하는 것. 그래서 미술을 선택했고 미술대학에 진학했다. 하지만 언제부턴가 내가 하고 싶은 걸 숨기고 있었다. 몰래 작가 활동을 하면서, 몰래 따로 작업하면서. 이게 뭐 대단한 일이라고 나도 속이면서까지 살아왔는지.

그토록 원했던 인서울 대학에 가지 못했을 때부터였을까. 내가 하고 싶은 일보다 누군가에게 보이기 위해 만든 꿈만 드러내고 있었다. 변명처럼 끊임없이 포장하고 또 포장해서 정작 내가 하고 싶은 일은 숨기고, '언젠가'라는 말로 뒤로 미루는 일을 반복했다. 마치 '내가 하고 싶은 일'은 언제든지 할 수 있는 일인 것처럼.

인생이란 앞을 알 수 없어서 어쩌면 내가 가진 시간이 생각보다 짧을지도 모르는데, 하고 싶은 일을 뒤로 계속 미루고 있었다. 결국, 이렇게 숨기고 미루다간 평생 못할 수도 있겠다는 생각이 들었다. 두려웠다.

좀 더 솔직해지기로 했다. 좀 더 가벼워지기로 했다. 다시 시작해서 하고 싶은 일에 도전하기로 마음먹었다.

'그래. 무사히 내가 원하는 대학 졸업도 했으

니 부산으로 돌아가자. 다시 시작해 보자.'

목표했던 대로 M 대학을 무사히 졸업하고 귀국을 했다.

다시 돌아온 한국에서 이방인의 감정을 느끼다

한국으로 왔다. 한국을 떠난 지 몇 년 사이, 짧은 시간이었지만 많은 것이 변해 있었다. 낯선 듯 낯설지 않은 환경에 적응해야 했다. 하지만 마음과는 달리 부산인이 되는 건 쉽지 않았다. 내 고향인데도.

내가 하고 싶은 작업을 하기 전, 취업을 통해 사회 경험을 쌓고 싶었다. 그게 비록 짧은 기간이라도 사회 경험이 필요했다.

'경력직 모집'

내가 자란 부산이 좋아 부산에서 취업하려고 했으나 지원하고자 하는 분야는 신입을 뽑는 곳이 별로 없었다. 분야를 늘려 검색해 봐도 지방의 예술, 디자인 분야는 신입을 잘 뽑지 않았다. 신입 모집이라고 되어 있어도 우대조건에 경력을 명시해 놓았다. 나이 제한이 있는 곳도 많았다.

몇 번이나 전공을 살리고자 했지만, 그런 곳은 경력직 위주로 채용공고가 올라오고, 신입 채용공고가 올라온 곳은 내 전공과 너무나도 다른 곳들이었다. 채용사이트를 몇 번이나 들락날락하며 알아보았지만 결국 '경력직 우대'라는 말에 좌절할 수밖에 없었다.

'지역을 바꿔 볼까….'

'부산'이라는 지역을 '서울'로 바꿨을 뿐인데 채용공고 수가 몇 배 이상 차이가 났다. 경력직이 아닌 신입을 뽑는 곳도 많았다. 가장 큰 차이점은 대기업의 본사가 서울에 많다는 것이었다. 유명한 기업들 대부분이 서울 아니면 경기도에 있었다. 주변 친구들이 취업 때문에 서울에 갔다는 이야기가 실감이 났다.

'이렇게 차이가 나다니. 여기가 정말 제2의 도시 부산이 맞는 걸까?'

이 눈에 보이는 차이가 좌절감을 맛보게 했다.

부산에 취업할 곳이 없는 나는 결국 서울로 눈을 돌릴 수밖에 없었다.

서울에 이력서를 넣기로 했지만, 또 문제가 있었다. 이력서는 통과한다고 해도 면접이 문제였다. 부산에서 서울까지 KTX로 2시간 반. 한 번 면접을 갔다 오기엔 시간도 금액도 상당했다.

부산을 떠나는 지인들의 소식을 들으며 나 또한 상경을 결심하기까지는 그리 오래 걸리진 않았다. 타향살이를 처음 시작하는 것도 아니었고, 아직 도전하고 싶은 것들이 많았다. 하지만 늘 그렇듯 고향을 떠나기까지는 심적 갈등이 있었다.

'꼭 서울에 가야 할까?'

'부산에서도 작업할 순 없을까?'

'정말 가야 할까?'

하지만 똑같은 질문에 늘 그렇듯 누군가가 나에게 했던 조언대로 결론이 났다.

"예술을 하려면 서울에 가야지."

"서울에 가야 성공해."

답은 정해져 있지만 인정하기 싫었다. 서울에 가야 성공을 할 수 있다니. 서울에 가야 예술을 할 수 있다니. 서울을 가야 직장을 구할 수 있다니. '정말 가야 할까?' 하는 생각을 수십 번, 아니 수백 번 했다.

결국 연고가 없는 서울로 향했다. 서울에 살게 된 건 고등학생 때 입시로 상경한 이후 처음이었다. 일을 시작했다. 디자이너부터 시작하여, 대학 조교, 작가 일을 했다. 짧은 사회 경험이었다. 그리고 얼마 지나지 않아 깨달았다.

여기서도 난 이방인이었다.

공부를 위해 선택한 유학 생활에서도, 취업을 위해 선택한 서울 생활에서도 난 늘 이방인이었다. 새삼스레 깨닫고 나니 마음 한구석이 허전했다. 먼저 상경한 지인들은 각자의 길을 가느라 바빴고, 나도 정착을 하느라 바빴다. 같은 한국이지만 연고가 없는 지역에서 생활한다는 건 어딘가 붕 떠 있는 느낌이었다. 몸은 정착하였지만, 마음이 정착하지 못했다.

서울에서 직장을 다니게 되었을 때 좋은 사람을 많이 만났다. 서울살이에 대한 조언도 들었고 도움도 많이 받았다. 처음엔 붕 떴던 마음이 서서히 가라앉아 차분해졌다. 마음이 차분해지자 작업 생각이 났다. 큰맘 먹고 서울까지 왔는데 개인 작업은 아무것도 안 하는 것 같아 불안했다. 수면시간을 줄여가며 평일엔 일을, 퇴근 후와 주말엔 개인 작업을 하며 바쁘게 보냈다.

서울에서 부산까지 KTX로 2시간 40분.

도쿄에서 부산까지 비행기로 1시간 40분.

거리가 멀어진 만큼 서울에서 부산을 한번 가려고 하면 큰마음 먹고 날 잡아서 가야 했다. 도쿄에 있을 때와 같았다. 같은 한국인데도 일이 바빠지면 부산에 내려갈 수 있는 시간이 줄었다. 점점 가슴 한구석이 허전했다. 마음이 힘들어질수록 밝은 그림을 그렸다.

"부산엔 언제 갈 예정이에요?"

부산에 내려가는 횟수가 줄어들자 주변에서 물어봤다. 문득, 같은 감정을 느꼈을 때가 기억이 났다.

"이무쨩, 한국엔 언제가? 이무쨩 고향 부산 맞지?"

바로 일본에서 유학하고 있을 때였다.

일본에서 나는 '부산 출신 한국인 유학생'이었고, 서울에서 나는 '부산사람'이었다. 일본 사람들이 나에 관해 물으면 나는 '한국 부산 출신'이라고 답했다. 그럼 부산이 어떤 곳이냐 물으면 '아름다운 항구도시'라고 답했다. 서울에서도 마찬가지로 '바다가 아름다운 도시'라고 대답하곤 했다. 그렇게 사랑했던 부산과 떨어지니 그리움이 깊어져 갔다.

'부산에서는 이런 전시를 볼 수 없었지.'

'서울 생활은 편하네….'

일본에서도 그랬듯, 서울에서도 바쁘게 살다 보면 그런 허전한 마음이 어느 정도 가라앉기도 했다. 하지만 이내 붕 뜨고 말았다. 빈 껍데기처럼.

쉬는 날과 주말이면 그 붕 뜬 감정을 추스르기 위해 그림을 그리고 글을 썼다. 작업이 되지 않으면 뭐라도 보기 위해 밖으로 나갔다. 도쿄에 있을 때처럼 마음을 붙잡기 위한 필사적인 몸부림이었다.

문화예술 공간이 많은 서울에서 기회가 생기면 미술관, 박물관을 돌아다니며 영감을 얻고자 했다. 작가로 활동하는 지인을 만나고, 정보를 교류했다. 모르는 역에 가서 사람을 구경하기도 하고, 사전 조사 없이 모르는 작가의 전시회에 가서 그림을 감상하기도 했다.

부산에 있을 때보다 문화적 혜택은 확실히 많았다. 서울 곳곳에 갤러리와 박물관, 미술관이 넘쳐났다. 무료전시도 많고 작가들의 아트굿즈도 살 수 있었다. 부산보다 다양한 문화예술 공간이 많다는 건 그만큼 부러운 일이었다. 서울에 사는 사람들은 마음만 먹으면 이 혜택을 쉽게 누릴 수 있겠구나 하는 생각이 들었다.

지방 출신인 내가 보기에 서울은 문화예술의 도시였다. 지하철 타고 몇 정거장만 가도 작가의 개성이 묻어나는 책이 가득한 독립서점, 전시카페, 주말마다 열리는 아트마켓을 손쉽게 접할 수 있었다. 인터넷에서만 접했던 작품의 실물을 직접 보고, 운이 좋으면 작가를 만날 수 있었다. 이렇게 많은 작가가 서울에서 활동한다는 사실에 놀랐다. 같은 한국인데도 다른 세상 같았다.

서울도, 도쿄도, 한 나라의 수도라는 걸 실감할 만큼 전시회와 박물관, 미술관이 많았다. 번화가에 가면 깔끔하게 단장된 갤러리와 눈길을 확 사로잡는 전시 포스터가 보였다.

하지만 좋아하는 작가의 전시를 봐도, 사람을

만나도, 미술관, 박물관을 돌아다녀도 나의 우울감은 해소되지 않았다. 그럴수록 더 바쁘게 돌아다녔다. 좋아하는 작가의 전시를 봐도 기분 좋은 건 그 순간뿐, 영감을 얻고 작업을 해야 하는데 손이 움직이지 않았다.

서울과 도쿄에서 좋은 사람도 많이 만나고 추억도 쌓았지만, 그 시간이 지나면 가슴 한구석이 허전했다. 지금 가만히 떠올려 보면 행복함과 동시에 지독한 우울감도 가득한 시기였다.

파란 하늘을 보던 어느 날
그리움의 흔적을 발견하다

나는 예전부터 체력이 좋지 않은 편이었는데, 몸 관리까지 제대로 못 해 자주 상태가 안 좋아지곤 했다. 예술을 하는 지인들은 우스갯소리로 '예술 하는 사람은 앉아서 계속 작업을 해서인지 체력이 안 좋아.' 하는 말을 하곤 했는데, 한 명 한 명 쓰러졌다는 이야기를 들을 때마다 위기감을 느끼곤 했다. 운동이라도 자주 했으면 좋았겠지만, 직장인이라 바쁘다, 공모전, 작업 마감이 코앞이라는 핑계로 게으름을 피우는 사이 여기저기 병이 나기 시작했다.

건강 문제로 퇴사를 하고 며칠이 지나자 긴장

이 풀어졌는지 온몸이 아파왔다. 허리도, 어깨도, 목도 아팠다. 꼼짝도 못 하고 누워 있는 기간이 길어지자 괜히 마음이 울적해져 눈물이 났다. 이렇게 살 수는 없다 싶어 대청소를 하다가 몸살이 나서 창문가에 누워 파란 하늘을 바라보고 있던 어느 날, 문득 예전의 일이 하나 생각났다. 코로나 바이러스가 유행하기 전 개인적인 일로 일본 도쿄에 갔을 때였다.

그때도 몸이 좋지 않아 요양을 하고 있었는데, 도쿄에 갈 일이 생겼다. 대학 졸업 후 오랜만에 가는 거라 졸업증명서와 성적증명서를 발급받을 겸 모교인 M 대학에 들렀다.

증명서의 인터넷 발급이 쉬운 한국과는 다르게, 일본 대학의 졸업증명서와 성적증명서는 본인 증명, 해외배송이 오래 걸려 필요한 만큼 미리 발급받거나, 직접 학교로 가서 발급받아야 했다.

졸업증명서와 성적증명서를 발급받기 위해 신청을 하고 기다리는 동안 대학가를 걸었다. 봄이었기 때문에 대학 건물 사이사이 화사한 벚꽃이 피어 있었다. 나는 자주 하늘을 쳐다보곤 했는데, 그날따라 새파란 하늘이 가슴을 두근거리게 했다. 내가 좋아하는 짙은 푸른색이었다.

학과 교수님은 늘 바쁘셔서 못 만날 거라 생각했는데, 운이 좋게도 만나 뵐 수 있었다. 교수님께 최근의 내 근황을 전하였다. 한국에 돌아간 뒤 일본어를 거의 안 쓰기도 했고, 많이 까먹어 좀 버벅거렸지만, 교수님은 천천히 내 이야기를 들어주셨다.

“이무짱! 일본어 많이 까먹었네!”

“네…. 한국에 돌아간 이후엔 일본어를 접할 일이 없어서요.”

“그래? 주변에 일본인은 없어?”

“네…. 그래서 최근엔 일본어를 쓸 일이 없네요….”

“그런데 지금 서울? 너 부산에 있는 게 아니었어?”

교수님은 내가 부산이 아닌 서울에 있다는 말에 놀라셨다. 대학을 다니던 시절, 내가 자주 부산에 관한 이야기를 했기 때문이었을지도 모르겠다.

“네…. 부산엔 일자리가 없었거든요. 서울에 올라가야 일자리가 있어요.”

나는 솔직하게 대답했다. 한국의 제2의 도시

인 부산에 일자리가 없다니. 교수님에게는 의아하게 들렸을지도 모르겠다.

그 이후에도 많은 대화가 오갔다. 교수님은 동기들의 근황을 전해주셨다. 나는 혹시 교수님을 만나게 되면 보여 드리려던 작업물을 보여 드렸다. 내가 만든 이모티콘과 일러스트, 상품 사진을 보여 드렸다. 작업물에 관해 이야기하는 내 목소리가 이렇게 밝아질 줄 몰랐다.

"이무쨩, 네가 하는 작업들 응원할게."

교수님은 대화 마지막까지 내 작업물의 피드백과 힘이 되는 말씀을 해 주셨다.

옛날 일을 떠올리니 조금은 힘이 났다. 청소를 다시 시작하다가, 학교를 졸업하기 전 진로상담을 했던 일이 생각났다. 그때 나는 내가 좋아하는 일을 하고 싶다고 생각하고 한국에 왔었는데, 이대로 아파서 누워만 있는 내가 한심했다.

"이무쨩, 네가 하고 싶은 일을 하렴."

옛 생각이 계속 떠오르는 건 창밖의 파란 하늘이 평소보다 더 파랗게 보여서인지도 모른다. 나는 그 말이 떠오른 뒤, 힘들게 일어나 내가 작업한 작업물들을 뒤져 봤다.

작품에 자주 등장하는 바다,

글 속에 나도 모르게 넣어 버린 사투리,

작품 곳곳에 등장하는 푸른색.

"서면, 초량, 해운대, 영도, 대연…. 부산 배경이 많았네…."

그리고 작품의 배경이 대부분 부산이라는 걸 깨달았다. 내 작업물엔 부산에 대한 그리움의 흔적이 잔뜩 있었다. 손을 멈춘 게 아니었다. 부산에 관한 이야기를 멈춘 것이었다. 더 후회하기 전에 다시 부산에 내려가서 작업하기로 마음먹었다.

하지만 문제는 코로나바이러스였다. 처음 겪는 대규모 전염병이었다. 코로나바이러스로 인해 비대면 활동이 잦아졌다. 나도 빨리 마음을 결정한 후 주변을 정리해야 했다. 평소였다면 얼른 결심하고 이사를 준비하면 끝이었다. 하지만 코로나로 인해 계획이 조금씩 틀어졌다. 혹시라도 더 심해지면 어떡하지 하는 생각이 들었다. 바이러스에 걸리지 않도록 지역 간 이동을 최대한 줄이고, 되도록 외출을 삼갔다.

그렇게 시간이 조금 지났다. 살고 있는 서울 집의 계약만료 기간이 다가왔다. 부산으로 돌아가기 위해 서울살이를 정리하기 전, 살 집도 구할 겸 부산 본가에 며칠 동안 내려가 있기로 했다. 명절이나 휴일엔 사람이 많을 테니 평일을 이용하였다.

코로나바이러스 때문인지 서울역도, KTX 안도 고요했다. 사람이 별로 없는 평일 낮 시간대였지만 얼마 없는 모두가 마스크를 끼고 대화를 줄였다. 간간이 나는 손 소독제 알코올 냄새가 불안감을 가중했다. 나는 불안감을 없애기 위해 이동 시간 내내 작업에 집중했다. 앞으로 어떤 작업을 할 건지 계획표를 세우다 보니 불안감이 조금은 덜어지는 듯했다. 내려오는 길 내내 부산으로 간다는 설렘과 코로나바이러스에 대한 두려움이 공존했다. 부산역에 도착한 후 보이는 부산항 모습을 보며 나도 모르게 "다녀왔습니다."라는 인사를 했다.

부산에 와서는 사람들과의 접촉을 최대한 줄이고자 대부분 본가에서 생활하였다. TV에서 점점 불안한 뉴스가 흘러나왔다. 결국, 코로나바이러스로 인해 사회적 거리두기 단계가 격상되었다.

집을 알아보는 계획에도 차질이 생겼다. 평소라면 이곳저곳 돌아다니며 집을 구했겠지만, 지금은 그럴 시기가 아니었다. 최대한 대면을 피해야 하는 만큼 시간이 필요했다. 이동을 최대한 줄이고자 당장 계획엔 없었던 부산살이가 시작되었다.

힘들어도 작업은 계속해야 했다. 잠깐을 생각하고 내려온 거라 큰 짐은 없었다. 간단한 작업을 할 수 있는 노트북과 태블릿 PC, 그리고 생활에 필요한 개인 물품뿐이었다.

그렇다고 부산이 안전한 건 아니었다. 부산에서도 확진자가 늘어나자 나도 움츠러들어 외출을 되도록 삼갔다. 그렇게 오고 싶었던 부산이었지만 코로나가 잠깐 잠잠해질 때까지 시간의 대부분을 집에서 작업하며 보냈다.

그래도 부산에 와서일까. 여유 시간이 생겨서일까. 길어진 시간만큼 나에 대해 많이 뒤돌아보게 되었다. 앞으로 내가 그리고 싶은 작업, 하고 있는 작업들, 그리고 표현하고 싶었던 나의 이야기. 늘 적고 싶었던 부산과 나의 이야기들.

평소보다 훨씬 간단한 작업 물품인데도 결과

물이 늘어났다. 부산을 그렸다. 부산에 대한 글을 쓰기 시작했다.

코로나바이러스 속에서 창작을 이어가다

2020년 1월쯤부터 심상치 않은 일이 생겼다. 코로나바이러스라고 불리는 이 바이러스는 전파력이 강했고, 이로 인해 많은 사망자가 생겼다. 온갖 바이러스가 나오는 현대사회지만, 내 인생에서 이 정도까지 전 세계적으로 큰 타격을 입힌 바이러스는 코로나바이러스가 처음이었다.

평범한 일상이 한순간에 달라진 지 1년이 훌쩍 넘었다. 이제 마스크는 우리가 외출하기 위해 양말을 신는 것처럼 일상이 되었다. 고리가 달린 손 소독제는 항상 가방에 매달려 있었고, 외출하면 하루에도 몇 번씩 손 소독제를 발라야 했다.

'코로나바이러스. 언제 끝날까….'

언제 끝날지 끝이 보이지 않는다. 뉴스만 틀면 코로나 특보가 나온다. 매일 갱신되고 보도되는 확진자의 소식에 불안감이 높아졌다. 주변에서 자가격리를 하고 있다는 소식이 들려온다. 전염력이 높아 외식도 어려워져 가까운 가게에서 포장을 해 오곤 한다. 사회적 거리두기가 시행되고 사람과의 만남을 자제하게 되었다.

그리고 이 시기가 길어질수록 문화예술계 또한 피해를 많이 입었다. 메일을 열어 보면 예술 관련 행사가 연기 혹은 취소되었다는 내용이 가득하다. 예술인 긴급지원 메일도 와 있다. 예술 관련 SNS를 봐도 몇 번이나 연기되다가 결국 취소되는 아트페어들이 늘어난다. 손꼽아 기다렸던 전시회들이 줄줄이 취소되었다. 박물관과 미술관 입구엔 입장 불가 팻말이 세워지고 기약 없는 잠정 폐쇄가 지속된다. 타지역의 예술행사 참가 제안 메일이 와도 어쩔 수 없이 포기할 수밖에 없었다. 평소라면 즐겁게 읽어 보았을 제안서가 메일함에 쌓여갔다.

나는 1년간의 계획이 빼곡 적혀 있었던 다이

어리를 정리해야 했다. 앞으로 얼마나 이 바이러스가 지속이 될지 앞이 캄캄하다. 작년에 세워 놨던 계획은 시기가 맞지 않아 취소하거나 기약 없는 기다림에 결국 다이어리에서 지워진다. 다이어리의 일정표가 텅텅 비기 시작했다. 지원금을 받기 위해 제출해야 할 예술 활동 보고서에 쓸 수 있는 활동이 별로 없다. 이렇게 가다간 1년 동안 활동 흔적이 후욱 줄어들게 된다. 절망적이었다.

유명 아트페어들이 줄줄이 취소되거나 연기되면서 나 또한 작품을 판매할 곳도, 발표할 곳도 잃게 되었다. 계획대로라면 2020년은 아트페어 활동을 적극적으로 할 시기였다. 하지만 현실은 달랐다. 비대면 작업이 늘어날수록 한숨이 깊어졌다. 2021년도, 아니 그 이후의 활동도 걱정이 되었다.

예술 분야 교육도 변화가 생겼다. 예전에는 교육 신청을 한 뒤 직접 강의실에 가서 수업을 들어야 했지만, 이제는 비대면 교육이 많아졌다. 예술 관련 국가 자격증을 위해 필요한 과목 이수를 준비한 적이 있다. 이미 대학에서 들은 인정 과목들은 이수할 필요가 없지만, 아직 이수하지 못한 과목들은 관련 교육기관을 통해 이수할 수 있었다. 이론 과목은 비대면으로 이수할 수 있었지만, 실습 과목은 비대면 이수에 한계가 있었다. 모든 게 혼란스러운 시기라 커리큘럼도 많이 바뀌고 모임 금지, 비대면 수업 진행으로 수강과목들을 원활하게 수강할 수 없었다.

나갈 수 있는 곳이 줄어들자 자료를 위한 취재도 힘들어졌다. 앞으로 어떤 작업을 해야 할지, 생계를 유지할 수 있을지 고민을 하게 되었다. 이 코로나바이러스가 앞으로 우리 삶을 어떻게 바꾸게 될지 예측하기가 어렵다. 앞이 보이지 않자 하루하루가 무서웠다. 어떻게든 희망적인 생각을 해야 했다.

'앞으로 예술 활동도 비대면이 많아지지 않을까?'

'그럼 서울과 다른 지역의 격차도 줄어들지 않을까?'

'그럼 지역 이동을 할 필요가 없으니 다른 지역에서 예술 활동을 할 기회가 많아지지 않을까?'

우울해지지 않도록 필사적으로 긍정적인 생각을 해 본다.

상황은 힘들지만 그래도 사람들은 적응해 나갔다. 온라인 전시회, 비대면 아트 플랫폼, 비대면 콘서트, 온라인 예술 강의와 같이 대체 방법들이 계속 나왔다. 공간 제약이 사라짐에 따라 굳이 서울에 살지 않아도 활동을 계속 이어 나갈 수 있지 않을까 하는 긍정적인 생각도 떠오른다.

많은 생각이 시작되고 머리가 지끈지끈 아파 왔지만 멈출 순 없었다. 나는 손을 움직여 비대면 예술 활동을 늘리기 위한 준비를 하였다. 예술 관련 수업을 신청하고 이수를 하였다. 비대면 플랫폼을 이용해 아트 상품을 판매하고 글을 판매하고 디자인을 판매한다. 집에 있는 시간이 늘어난 만큼 새로운 작업도 시도해 본다.

나는 조용한 분위기 속에서 작업할 때가 많다. 코로나바이러스로 외부 활동에 제약이 생기자 조용히 집에서 음악을 틀어 놓고 혼자 작업을 했다. 너무 지루하다 싶을 땐 작품 분위기와 어울릴 만한 피아노곡을 듣거나 빗소리나 물소리 ASMR을 섞어 들으며 작업하기도 한다.

작업에 집중하면 숨을 참을 때도 많다. 마치

물속에 들어가 있는 것처럼 고요한 분위기 속에서 숨을 참으며 작업을 해 본다. 이런 습관 때문인지 가끔 물속에 잠긴 듯한 기분이 들기도 한다. 숨이 막힐 때도 있고, 물속에서 잡히지 않는 빛을 향해 나아가듯 헤엄치는 기분이다. 불안한 마음이 깊어질 때마다 바닷속에 있는 기분이다. 좋아하던 바다가 때론 위협적인 존재가 되듯, 좋아하는 푸른색이 때론 서늘하게 다가오듯, 작업 또한 나에게 때론 정신을 갉아먹는 존재가 되기도 한다.

머릿속에 들어 있는 상상들을 내 손을 통해 내보낼 때마다 가슴이 두근거린다. 내 상상들은 글, 그림, 때론 또 다른 방식으로 표현되면서 나만의 이야기를 완성해 나간다. 세계관을 하나하나 만들어 나가며 이야기의 뼈대를 다듬고 다듬어 작품을 창작해 본다.

머릿속에 있는 이야기들을 캔버스에 옮겨 담고, 글을 적으며 작업하다 보면 앞으로 어떤 이야기가 나올까 즐거워진다. 그때의 감정은 묘사하기 어려울 만큼 재밌지만, 늘 기쁘게 작업하는 건 아니다.

'앞이 보이지 않아.'

'끝이 없어.'

'불안해.'

'이 작품이 상업적으로 팔릴까?'

환상처럼 즐거웠던 작품 작업을 하다가 현실로 돌아오면 가슴 한구석이 아릿하게 아프다. 불안정한 꿈을 선택해야 할지, 안정적인 현실을 찾아가야 할지 줄타기를 하는 기분이다. 늘 꿈속에서만 살 수는 없다. 현실로 돌아와 생활해야 한다.

'생활하기 위해선 팔릴 만한 작업을 해야 해.'

'유명해지기 위해선 끝없는 노력을 해야 해.'

어른이 되어도 경쟁과 불안은 여전하다. 작업하면서 불안한 감정과 끝없는 싸움을 한다.

난 잘하고 있는 걸까.

답을 알 수 없는 날에는 그저 작업할 수밖에 없다.

지역의 부족한 전시공간에 좌절하다

작업을 끝내고 컴퓨터를 끄면 작업이 끝났다는 안도감과 함께 언젠가 이 작업물들을 모아 전시를 하고 싶다는 소원이 생긴다. 하지만 작업한 일러스트를 전시할 공간이 없어 아쉬운 마음을 뒤로 한 채 다음을 기약한 적이 많다. 힘들게 찾은 전시카페는 전시를 원하는 작가 수가 많아 오래 대기해야 했고, 비싼 대관료에 전시를 포기하기도 했다.

부산에서 대학을 다닐 당시엔 학생이라는 신분 덕분에 학교에서 전시할 수 있었다. 하지만 졸업하고 난 뒤엔 전시할 수 있는 곳이 한정되었는데, 이것이 심적으로 아주 힘들었다. 밤낮으로 검색해 인터넷에서 찾아낸 전시공간의 주소를 보면 대부분 수도권이었다. 그러다가 운 좋게 찾아낸 공간에 가 보면 폐업을 했거나 다른 가게로 바뀌어 있었다. 수도권과 그 외 지역의 문화예술 격차를 다시 한번 실감하게 되는 순간이었다.

여기서 멈출 수 없다는 생각이 들어 전시를 포기하고 인지도를 올릴 수 있는 아트페어에 나가볼까 했지만, 부산에서는 아트페어 열리는 횟수가 많지 않았다. 타지역의 아트페어를 찾아볼까 했지만, 아트페어가 열리지 않는 지역이 훨씬 많았다.

주변에 물어보고자 했지만, 예술공간이 부족한 것보다 더 심각한 문제가 있었다. 부산에는 작가 활동을 하는 사람의 수 자체가 적었던 것이다. 해가 지날수록 대부분 상경을 하여 절대적으로 정보가 부족한 상태였다.

그때마다 의문이 들었다.

'부산엔 문화예술 공간이 정말 적은 것일까.'

'예술을 하기 위해선 반드시 서울로 올라가야 할까?'

'사실 내가 모르는 공간과 기회가 많은 게 아

닐까?’

의문이 꼬리에 꼬리를 물어 머릿속이 ‘펑’ 하고 터지는 기분이 들었다. 이 의문을 가졌던 시점에는 답이 정해져 있었다. 하지만 인정하기 싫었다. 가슴 한구석엔 부산과 그 주변 지역에도 많은 문화공간이 생길 거라는 희망과 앞으로 문화예술공간을 찾아내겠다는 오기가 생겼다. 서울에서 어떤 예술공간이 생겼다는 소식이 들리면 부산에도 하나 생기지 않을까 하는 기대감이 생겼다. 일단 제2의 도시니까 지금 당장은 아니더라도 언젠가 발전할 거란 희망이 있었다. 그때를 기다리며 부산에서 작업을 해 보리라 결심했다.

하지만 친하게 지내던 작가 지인들이 하나둘 상경한다는 소식을 들으며 위기감을 느끼던 어느 날, 나 또한 그들처럼 서울로 발걸음을 옮길 수밖에 없었다.

세상이 빠르게 변화하면서 예술의 영역도 점차 넓어지고 있다. 학생 때엔 몰랐던 예술 분야와 직업들이 생긴다. 매일 아침 보는 예술 분야의 뉴스는 단단했던 내 고정관념을 깨는 역할을 한다.

매년 새로운 대학 전공, 미술 재료, 작업 방식이 나온다. 인터넷 기술도 좋아져 검색을 할 때마다 내 관심 분야의 알고리즘이 나타난다. 흥미 있는 물건, 동영상, 뉴스가 눈앞에 보일 때마다 다음 작품 콘셉트를 짜 본다. 계획표를 짜는 내 가슴이 두근거린다. 앞으로 또 어떤 변화가 일어날지, 어떤 방식의 작품이 나올지 기대된다.

어릴 적 '미술관', '전시공간'이라고 하면 그림 앞에 세워진 안전봉 앞에 조용히 서서 과거의 작품을 감상하는 곳이라고 생각했었다. 그래서 어린 시절에 내 머릿속에 박힌 전시공간의 이미지는 '절대 뛰어선 안 되는 공간', '항상 정숙해야 하는 공간'이었다.

성인이 된 후 내가 접하게 된 전시공간은 어린 시절의 공간과는 달리 자유로움과 창의력이 가득했다. 이제 미술관, 전시공간은 영상, 그래픽, 음악, 체험으로 분야가 확장되어 감상뿐만 아니라 온몸으로 즐길 수 있는 공간이 되기도 한다. 가상현실이 발달하고, 콘텐츠가 발달할수록 작품을 감상하는 사람에게 스며드는 속도가 빨라진다. 그래서 전시공간 앞에 서면 이번엔 어떤 새로운 방식으로 작가들이 자신의 작품 세계를 보여 줄까 하고 기대부터 된다.

매년 수많은 예술대학 졸업생들이 사회로 나온다. 순수미술 분야부터 최근 주목받기 시작한 크리에이터 관련 학과들까지. 한국뿐만 아니라 해외에서 유학한 학생들까지 치면 어마어마한 숫자일 것이다. 하지만 이 모두가 자신의 전공대로 진로를 정하느냐? 내 경험을 비추어 보자면 아니었다. 성적에 맞춰 학교와 과를 정하는 일도 있었고, 입학 후 새로운 분야에 도전하는 사람도 있었다. 내 주변의 대부분은 작가보단 취업을 선택했는데, 그중에서도 자신의 전공에 맞춰 취업한 사람은 소수였다.

"넌 전공 살릴 거야?"라고 물으면 "나는 다른 쪽으로 갈 거야."라는 대답을 듣는 일이 많았다. 이상한 일은 아니었다. 다만, 날이 갈수록 좁아지는 취업문 때문에 미래를 확실하게 이야기하는 것도 힘들어졌다.

"그래도 먹고살아야지."

취업을 위한 스펙이 중요시되는 시대에 대학

을 다녔다. '먹고살 수 있는' 상업성을 중시하는 예술대학이 많아져 취업 위주의 실용적인 학문을 가르쳤고, 그 틀 안에서 각자의 길을 정했다. 세상은 빠르게 변화했고, 예술대학 학생들도 변화에 적응하기 위해 여러 학문을 공부했다. 그렇게 필사적으로 각자의 길을 찾으며 취업을 했다.

작가의 경우는 또 달랐다. 창작 작업을 하는 작가들은 처음부터 작가의 길을 선택하는 사람도 있지만, 직장생활을 하다가(혹은 하면서) 작가 작업을 하는 사람도 많았다. 지금 이 순간에도 작가가 많이 나오고, 작가들의 데뷔 방식도, 작품의 표현 방식도 다양해졌다. 공모전도 많아졌고 작가들의 연령대도 다양해졌다. 앞으로 작가가 될 잠재적 작가도 많다. 하루에도 셀 수 없는 작가들이 멋진 작품들로 데뷔를 한다. 이렇게 넘쳐나는 작가들 속에서 묻히지 않도록 열심히 작업해야 했다. 누군가에게 내 작품을 보여줄 기회가 절실했다.

창작자들이 작품을 내보일 기회 중 하나는 전시다. 작품이 쌓이게 될 때쯤, '그래. 전시를 하자.' 하는 생각과 동시에 사람들에게 내 작품을 선

보일 준비를 시작했다.

일본에서 대학을 졸업하고 귀국한 뒤 부산에서 작업할 때였다. 작품 개수가 꽤 늘었다. 내 작품을 전시할 곳이 필요해졌다. 홍보가 필요했고, 그림을, 상품을 팔아야 했다. 나는 상품으로 만든 일러스트를 전시할 공간을 찾아보았다. 대충 견적을 내 보니 대관비가 제법 들었다. 슬프게도 햇병아리 작가에게 무료 대관 기회는 없었다. 열심히 전시공간을 찾아다녀야 했다.

'나는 어디서 전시할 수 있을까?'

전시공간이라고 모두 전시를 할 수 있는 것이 아니다. 예산, 콘셉트, 위치 모두가 충족되어야 한다. 전시만 하는 공간도 있지만, 상업공간(카페, 숍)과 결합한 곳도 많았다. 나는 작품 특성상 관련 상품도 함께 팔 수 있는 상업공간 내 전시를 원했다.

'다 좋은데…. 주소가 다 수도권이네….'

문제가 생겼다. 찾아 놓은 전시공간은 대부분 수도권에 있었다. 제2의 도시라는 부산. 하지만 문화예술 공간은 수도권에 비해 한참 부족했다. 열심히 찾아보아도 부산에서 평범한 프리랜서 작가가 전시할 수 있는 공간을 찾기는 어려웠다. 대관비가 많이 들거나, 전시장에서 원하는 콘셉트와 너무 맞지 않는다거나 하는 문제들이 있었다. 겨우 몇 군데 찾았다 하면 대관은 받지 않는지 문의처가 없을 때도 있었다. 연락처를 겨우 찾았지만, 유명 작가들의 전시를 한 곳은 주눅이 들어 연락해 볼 엄두가 나지 않았다. 그럼 열심히 작업해서 유명해지면 연락해야지! 하며 패기 있게 생각도 해 봤지만, 부산에서는 그럴 기회 자체가 부족했다.

여러 홈페이지를 둘러보며 자료를 찾아보니 팀으로 모집하는 곳이 많았다. 팀을 꾸려 볼까도 생각했지만 마음에 맞는 작가들, 콘셉트에 맞는 작가들은 대부분 수도권에 있었다. 부산에 사는, 함께 작업이 가능한 작가를 찾기가 이렇게 어렵다니. 현실적인 문제에 부딪혔다.

작가가 작품을 전시할 곳이 없다는 것. 어쩌면 나뿐만 아니라 많은 신인 작가들의 힘든 점이 아닐까 싶다. 부산에서 넓고 화려한 공간이 아닌, 내 작품 몇 점 전시할 수 있는 곳을 찾는다는 게 이렇게 어려운 줄은 몰랐다. 전시하고자 하는 작가의 수에 비해 공간이 너무 적었다. 정보 찾기도 어려워 한계가 보였다.

부산에서 갈 만한 거리인 대구, 울산, 김해 등도 알아보았다. (전라도 지방은 부산에서 교통편이 많이 없다.) 하지만 부산과 같은 이유로 포기해 버렸다. 이후, 다행히 서울의 한 갤러리에서 단체전 제안을 받았고, 서울에서 전시하게 되었다.

부산에 오기로 결정하기 전, 현실적으로 생각할 것이 많았다. 부산에서 좌절한 경험이 많았던 만큼, 내가 부산에서 정말 예술 활동을 할 수 있는지, 전시할 곳은 충분한지, 디자인 상품을 팔 수 있는지, 팔 수 있는 곳이 있는지 살펴야 했고, 앞으로의 비전까지 고려해야 했다.

부산 지역의 최근 문화예술 동향을 알아보기 위해 검색을 했다. 몇 날 며칠을 검색했던 것 같다. 새벽 늦게까지 퀭한 눈으로 검색을 하며 정보를 모았다. 몸은 피곤했지만 검색할수록 기뻤다. 내가 부산을 떠나기 전보다 훨씬 많아진 문화예술 공간이 먼저 눈에 띄었다. 부산뿐만 아니었다. 타지역에도 전시카페를 포함한 전시공간이 예전보다 많이 생겼다. 희망이 생겼다. 기대가 생겼다. 서울보다 수는 적지만 지방도 변화하고 있었다.

지금은 코로나로 주춤하더라도 언젠가 부산도, 다른 지역도 프리랜서 작가들이 마음껏 자신의 작품들을 보여 줄 수 있는 공간이 더욱 생길 것이다.

부산에서 새로운 도전을 시작하다

나는 코로나바이러스 시기에 서울 생활을 접고 다시 부산으로 내려왔다. 서울 생활은 힘들었지만 그만큼 배운 것도 많았다. 좋은 인연도 많이 만났고, 추억도 많이 쌓았다. 정보를 모으고, 다양한 전시공간에 가서 작품을 감상했다.

대한민국의 수도 서울에서 생활하면서 나는 한 단계 성장하였다고 생각한다. 기회가 많았던 만큼 성장할 기회도 많았다.

이렇게 문화예술 혜택이 많은 서울을 떠나 다시 부산으로 내려간다는 데 고민도 많았다. 하지만 내 작품 여기저기서 보이는 지독한 향수병과 함께 지역의 문화예술 발전 가능성을 보고 내려가기로 했다. 언젠가 이 선택을 후회할지는 모른다. 하지만 지금 내가 부산으로 가지 않는다면 더욱 후회할 것 같다.

몇 년 전, 어떤 일을 계기로 후회할 땐 하더라도 미련은 남기지 않겠다는 생각을 갖게 되었다. 결단할 땐 빠르게 해서 실패하더라도 그 실패 경험은 나에게 남아 나를 성장시킬 발판이 되지만, 시도조차 하지 않아 미련으로 남으면 그 감정은 내 인생을 갉아먹게 된다는 걸 알았다. '실패할 땐 실패하더라도 도전하자.' 절벽에 내몰리는 감정 속에서 생긴 가치관이다.

결정했으니 바로 실행에 옮겨야 했다. 이사 준비를 위해 업체를 선정하고 방을 정리했다. 잔짐이 많아 이사 준비에 오랜 시간이 걸렸다. 방을 정리하니 구석구석에서 쓰다 만 아이디어 노트, 작품, 메모들이 잔뜩 모습을 드러냈다. 서울에 있을 때도 쉬지 않고 꾸준히 작업한 흔적이었다. 내가 그린 그림과 쓴 글들을 읽어 보았다.

「이번엔 규모가 좀 더 큰 프로젝트를 해 보고

싶다. 시간 날 때마다 하다 보면 언젠가 할 수 있겠지?」

「이 작업의 마무리를 언제 지을 수 있을까.」

후회는 해도 미련은 남기지 않겠다는 가치관을 가졌으면서도 겁이 많아 한참 동안 내 생각에 대한 목소리를 잘 내지 않았다. 아직 일어나지 않은 일을 무서워했다. 하고 싶은 일이 있어도 참았고, 불만이 있어도 그저 속으로 삭일 때가 많았다. 그렇게 감정을 숨기고 내 목소리를 내지 않다 보니 쌓이고 쌓여 버렸다. 내지 않은 목소리로 기회를 많이 놓치다 보니 미련이 남았다. 차라리 목소리를 냈다면 후회로 남았을지도 모른다. 감정을 꾹꾹 숨기다 보면 언젠가 터질까 봐 조금씩 풀어내기로 했다.

'그래. 부산에서 다시 도전해 보자.'

아이디어 기록들을 짐에 넣던 중, 오래전 적었던 버킷리스트를 기억해 냈다. 어느 순간부터 기록은 하지 않아 잠시 잊고 있던 버킷리스트였다.

「가고 싶은 일본의 M 대학 가기」

「계속 그림 그리기」

「일러스트집 만들기」

두리뭉실하게 꿈이라고만 생각하고 잊고 있었던 목록들이다. M 대학을 졸업했고, 계속 그림을 그렸다. 당시 적었던 리스트를 기억도 못 하고 있었음에도 나도 모르게 하나하나 이루고 있었던 것이다. 계속 나아가고 있었는데도, 나는 왜 내가 멈췄다고 생각했을까.

앞으로의 일은 나도 모른다. 그래서 새로운 버킷리스트를 만들었다. 시간이 걸리더라도 실행하기로 했다.

「부산 관광 상품 만들기」

「부산 관련 소설 출판하기」

「일상 만화 그리기」

「작업 프로젝트 상품 제작하기」

「콘셉트 전시하기」

부산에 다시 내려온 지 아직 한 달이 지나지 않았을 때 지역 예술인들이 어떤 지원을 받을 수 있는지 찾아보았다. 예전보다 새로운 문화예술 기관이 많이 보였고, 지원방식도 많이 변했다. 창작 비용 지원뿐만 아니라 작업실 지원도 있었고, 문화예술 관련 일자리 지원도 보였다. 예전의 공고

들을 찾아보면서 어떤 지원을 받을 수 있는지, 내가 참여할 수 있는 활동은 무엇이 있는지 정리하며 일정표를 작성했다.

물론, 최소한의 지원 자격이 있다. 일정 기간 이상 부산에 거주한 사람이어야 했다. 나는 타지에서 다시 부산에 돌아왔기 때문에 다시 햇수를 세어야 했다. 주민등록증엔 부산의 새로운 주소가 붙었지만, 부산에 다시 적응하려면 시간이 걸릴 것 같다. 그 많은 이삿짐을 정리하는 동안 프리랜서 작가와 백수 중간에 서서 틈틈이 작업을 했다. 미술도구와 작업물이 많아 이삿짐 정리에 한 달 이상 걸렸다는 주변 예술가들의 말대로 정리는 쉽지 않았다.

익숙하면서도 새로운 생활에 적응하기 위해 자주 은행, 관공서를 방문해야 했다. 코로나 시기에 최대한 비대면으로 해결하고자 했지만 모든 일을 비대면으로 하기엔 무리가 있었다. 되도록 사람이 없는 시간대, 요일을 정해 돌아다니다 보니 번화했던 거리의 조용함과 마주쳤다.

예술을 하는 사람에게 '환경'은 작품의 소재에도 알게 모르게 영향을 미친다. 나에게는 부산이 그렇다. 내가 살아 왔던 곳이고, 곳곳에 어린 시절부터 지금까지의 추억이 묻어 있다. 머리가 복잡한 날엔 바닷가를 걸으며 잠시 머릿속을 비우기도 하고, 조용한 박물관의 전시장에서 도자기 작품을 보며 평온을 찾기도 했다. 어린 시절 지나다녔던 길을 걸을 땐 그때의 나를 마주한 기분이 들기도 한다.

길치인 탓에 부산사람인데도 자주 길을 잃어버려 엉뚱한 곳에 들어가기도 하고, 그 엉뚱한 곳에서 또 새로운 추억을 만들 때도 많았다. 특이한 에피소드들은 곱게 모아 손질하여 다음 작업 때 써 먹기도 한다.

나는 자신만의 매력이 묻어 있는 지역을 좋아한다. 시야가 좁아지지 않도록 다른 지역에 가 보기도 하고, 그곳에서의 문화를 배우기도 한다. 운이 좋으면 그 지역의 친절한 사람에게 지역 정보를 얻기도 한다.

작품을 위해 대도시, 중소도시에서 자료조사를 하고, 나도 몰랐던 것을 알아 나가는 것이 재밌다. 새로운 곳을 탐방하기도 하고 맛있는 것을 먹기도 한다. 같은 한국인데도 서로 다른 사투리를 쓰고 다른 양념의 음식을 한다.

작지만 조용한 전시장에 들어가기도 하고, 두 눈이 깜짝 놀랄 만한 규모의 박물관을 둘러본다. 그 지역에서 내려오는 전통공예를 결합한 예술작품을 만나기라도 하는 날엔 온종일 기분이 좋다. 코로나가 끝이 나서 예전처럼 여러 지역을 탐방할 수 있기를 바라 본다.

먹으며 창작하는 즐거움

창작자에게 있어서 좋아하는 음식을 언제든지 먹을 수 있다는 건 행복한 일이다. 특히 재택근무를 하는 경우는 더더욱. 기분이 우울할 때, 작업이 안 될 때, 머릿속이 복잡해서 터질 것 같을 때, 외출복을 대충 입고 나갈 준비를 한다. 먹고 싶은 메뉴가 있으면 발걸음이 가벼워진다. 시간을 따로 빼지 않는 한, 장소는 멀지 않다. 보통 집 근처다.

오감을 자극하는 장소, 특히 음식점에 가면 창작에 대한 아이디어가 샘솟을 뿐만 아니라, 오랫동안 기억에 남는다. 기억은 머릿속에 남아 보관되어 오다가 또 다른 자극 때문에 꺼내지기도 한다. 나는 이 순간을 참 좋아한다.

돼지국밥 냄새를 좋아한다. 그 꾸릿하고 텁텁하면서도 뱃속 깊은 곳에서부터 식욕을 자극하는 냄새. 수증기가 모락모락 나는 국밥집의 냄새를 맡으면 어린 시절 먹었던 추억부터 최근의 기억까지 함께 재생되곤 한다.

푹 끓인 육수와 갓 지은 쌀밥의 냄새, 그리고 막 건져 내서 김이 모락모락 나는 돼지고기 수육 냄새를 맡고 있으면 마음이 포근해지며 상상이 시작된다. 돼지국밥집에 혼자 앉았을 때 나오는 은색 쟁반과 액젓 냄새가 살짝 나는 반찬들의 향, 진득하게 우려낸 국밥. 고춧가루 양념에 비벼진 부추, 바다 냄새가 그대로 묻어 있는 새우젓을 뽀얀 돼지국밥 국물에 넣어 한입 먹는다. 한 숟갈이 두 숟갈이 되고 쉬지 않고 먹는다. 그럼 배가 든든해지며 머릿속이 돌아가는지 창작욕이 솟구친다.

예전에 일본 유학을 준비하면서 부산 서면의 돼지국밥 거리를 혼자 자주 갔었다. 돼지국밥집에서 멀지 않은 곳에서 일본어 학원을 다녔는데, 공부하다가 배가 고프면 어슬렁어슬렁 국밥 거리로 향했다. 혼자 돼지국밥집에 앉아 먹고 있으면 나를 여행객으로 생각했는지 가끔 국밥집 아주머니들이 맛있게 먹는 방법을 슬쩍 이야기해 주고 가곤 했다. 젓갈을 넣어야 맛있다던가, 부추를 넣어야 한다던가. 국밥집 아주머니가 말해 주는 방법은 다 알고 있는 내용이지만, 그 속에 들어 있는 따뜻한 배려 때문에 국밥이 더 뜨겁게 느껴졌다.

주방이 보이는 돼지국밥집이라면 일부러 주방 가까이 앉아 국밥 만드는 모습을 바라보곤 했는데, 돼지고기 냄새 나는 김을 맡으며 국밥을 먹었다. 그렇게 배가 든든히 채워지면 잠시 거리를 걸으며 일상적인 풍경을 감상하곤 했다.

애기국밥(어린아이들도 돼지국밥을 먹을 수 있도록 작게 덜어 놓은 어린이용 메뉴)부터 시작해서 먹어 온 돼지국밥은 나에게 익숙한 메뉴였다. 집집마다 조금씩 다른 국밥 맛에 반해 새로운 맛집을 찾아내는 재미도 있었다. 그렇게 맛집을 찾아내면 사진을 찍고 기록을 하며 다음 작업 소재를 계획하기도 한다.

일본에 유학한 지 얼마 되지 않았을 때, 엉뚱

하게도 이 돼지국밥 냄새가 그리워 힘들었던 적이 있었다. 먹는 것을 좋아하기 때문에 가끔 여유가 생기면 주변의 맛집을 돌아다니곤 했는데, 일본과 가까운 부산 출신이라 그런지 음식 대부분은 입에 맞았지만 어느 순간 익숙한 향이 그리워졌다. 돼지 국물 향이었다.

부산에 있을 땐 골목길에 국밥집이 많아 걷다 보면 일상적으로 맡게 되는 냄새라서 더 그랬을지도 모르겠다. 도쿄 도심에서도 맛있는 냄새가 많이 났지만 내가 찾는 진한 돼지 국물 냄새는 맡기 어려웠다. 그나마 향도, 맛도 비슷했던 건 돈코츠 라멘(돼지고기 뼈 라멘)이었다. 채울 수 없는 배고픔이 길어지자 창작 의욕이 떨어졌다. 좋아하는 음식 그림도 그려지지 않았다.

작업 소재를 찾기 위해 시간이 날 때마다 자전거를 타고 도쿄 시내를 열심히 돌아다니며 미리 알아 둔 라멘집에 가 보았다. 그러나 애써 찾아간 라멘집에 선불리 들어가기는 어려웠다. '먹고 싶으면 그냥 들어가서 먹으면 되지 않아?'라고 생각하기 쉬우나, 일본에서는 묘하게 여성에 대한 제약이 많았다.

"라멘집이나 소고기 덮밥집 같은 데는 여자 혼자 들어가기 힘들지."

일본에서 만난 한국인 지인이 나에게 했던 말이다. 한국에서 '혼밥'이라는 말이 흔하지 않았을 때도 돼지국밥집은 혼자서 잘 들어갔던 나였기 때문에 이 말이 처음엔 이해가 되지 않았다.

"왜요? 여자 혼자 들어가면 안 되나요?"

"들어가 보면 알 거야. 여자 혼자 들어가면 시선이 다 집중돼. 나는 어느 식당에서 '여자는 혼자 들어오지 말라'는 이야기까지 들었어."

과장이 섞인 말이었을지도 모른다. 일본에 온 후 라멘집은 몇 번 들어가 봤지만 혼자가 아니었기 때문에 괜찮았던 걸까? 생각해 보니, 집 주변 소고기 덮밥집에 혼자 들어가 밥 먹을 때도 힐끔힐끔 쳐다보는 시선이 많았다. 그땐 뭐가 이상한지 몰랐는데, 지인의 말을 듣고는 이해가 갔다.

서서히 바뀌고는 있다고 하지만 일본에서 소고기 덮밥집, 라멘집은 여자 혼자 들어가기 어려운 곳이라는 편견이 있었다. 그래서 라멘집을 실컷 찾아 놓고도 그 앞에서 서성거리다가 다른 음식점으로 간 적도 몇 번 있었다.

'아. 배고파.'

배고픔을 이기지 못한 나는 결국 라멘집에 혼자 들어가 사람들의 시선을 무시하고 돈코츠 라멘을 시켰다. 처음이 어려워 한두 번 쭈뼛대었지만 익숙해지니 아저씨들만 앉아 있는 음식점에도 혼자 잘 갔다. 자전거를 타고 지나가다가 배고프면 자전거는 세워 놓고 먹고 싶은 것을 주문했다. 때론 욕심을 부리며 고기 추가, 마늘 추가까지 양껏 했다.

'이게 뭐 대단한 일이라고 그렇게 고민했을까. 먹고 싶으면 먹어야지.'

부산 돼지국밥의 국물맛이 국밥집마다 다르듯, 라멘 또한 육수의 맛이 가게마다 달랐다. 어느 국물은 한국의 돼지국밥과 비슷한 맛이, 어느 국물은 담백한 국물맛이 났다.

배가 따뜻해지자 다시 창작 욕구가 솟구쳤다. 아, 내가 배고팠던 거구나. 생각하니 웃음이 나왔다. 소재가 없으면 이런 일상의 이야기도 적어 보는 게 좋지 않을까 하며 핸드폰 메모장을 켜서 메모를 한다. 장소를 까먹지 않도록 지도 애플리케이션에도 표시해 놓는다.

내가 좋아하는 것, 내가 겪은 것들을 다른 사람에게도 공유하고 싶다는 생각이 들자 손이 움직인다. 그전까지는 입시 준비를 하느라 소소한 즐거움을 포기해 버려 무의미한 회색빛 일상이었는데, 이런 소소한 변화가 생기니 다음 일이 기대되었다. 매 순간을 기억에 남기고 언젠가 꺼내 소재로 쓰고 싶다는 생각이 들었다. 그저 맛있는 음식 하나를 먹었을 뿐이었는데 힘이 났다.

먹고 싶은 것을 먹으려면 일본어를 더 알아야 하니 일본어도 공부하고 생소한 메뉴가 있는 메뉴판을 읽기 위해 한자를 더 외웠다. 어떤 식으로 먹어야 할지 모를 땐 물어보기 위해 일본어 대화를 많이 했다.

혼자 음식을 먹다 보니 음식을 기다리는 동안 살짝 사람들을 구경하기도 하고, 어떤 음식을 먹는지 보기도 한다. 그렇게 일상 속에 소재가 하나 둘 즐겁게 쌓여 갔다.

실례지만 무슨 일 하세요?

이사를 하면 늘 느끼는 거지만, 이사는 하기 전에도, 하고 난 후에도 바쁘다. 서울에서 부산으로 이사 온 후 처리해야 할 일이 많아졌다. 제일 먼저 전입신고, 금융권 주소 이전이 필요했다. 구청에서 전입신고를 하고 은행에 가서 주소 이전 및 여러 금융 업무를 처리했다. 우편물이 이전 집으로 가지 않도록 우편물이 올 만한 사이트들의 주소를 다 변경시켜 준다.

마음만 먹으면 금방 끝날 일이지만 잊어버리지 않도록 차근차근 리스트를 만들고 체크를 하며 일을 마친다. 인터넷 검색을 해 보니 나와 같은 사람들이 많다. 고마운 사람들이 체크리스트를 공유해 준 덕분에 일을 하나하나 처리해 나갔다.

리스트를 꼼꼼하게 확인했다고 생각했는데 은행 업무 하나가 빠져 있다. 은행 적금 만기일이었다. 자주 쓰는 은행이었는데, 새로 이사한 곳과 멀리 떨어져 있었다.

"실례지만 무슨 일 하세요?"

"프리랜서… 작가예요…."

주소 이전과 개인 정보를 고치던 은행 직원이 묻는다. 평소엔 은행에 가도 이런 질문이 없었는데 오늘은 뭔가 개인 정보에 추가할 일이 있는가 보다. 나는 의아한 표정을 아주 잠깐 지었다. 나에 대해 이야기하는 게 여전히 낯설어 누가 나에 관해 물어볼 때마다 작은 목소리로 대답한다. 자신감이 낮은 목소리에도 은행 직원은 내 이야기를 들으며 대화를 이어나간다.

"어떤 작가예요?"

"크리에이터예요. 글이나 그림, 디자인 이것저것 다 해요…."

대답한 대로 나는 디자인, 글을 포함해서 이것저것 다 하는 크리에이터다. 일러스트를 그리고,

스토리를 만들고, 디자인 상품을 만들어 판다. 정확하게 업종 구분이 어려운 직업 특성상, 누군가가 직업을 물어본다면 뭉뚱그려 프리랜서, 크리에이터라고 이야기하곤 했다. 명확한 구분이 있었던 직장에 있을 때와는 다르다. 이 모호한 경계를 앞으로도 몇 번이나 겪으며 익숙해져야 한다. 뜬금없이 은행 창구에서 '나'의 정체성을 생각해 본다.

창작을 한 지 몇 년이 지났지만, 아직도 작가라는 말이 낯설다. 작가라고 하면 거창한 대표작이라도 있어야 할 것만 같은 기분이 든다. 나는 매번 이 물음에 고민한다. 괜히 자신감이 하락한다. 내가 나를 작가라고 불러도 될까? 다른 명칭이 있을까? 예술가? 창작자? 늘 말해 오던 크리에이터? 생각해 보니 비슷한 단어가 많다. 날 뭐라고 소개해야 확실하게 내가 하는 일을 전달할 수 있을까? 모호한 경계를 넘나들며 혼란을 겪는다.

부산에서는 작가라고 하면 되물어보는 사람이 많았다. 서울과는 다른 반응이었다. 어쩌면 서울에는 사람이 많아서 주변에 작가가 많았을지도 모르겠다. 부산에도 작가가 많겠지만 내 주변 작가들은 서울에 많이 올라가서인지 그 수가 적었다. 생각해 보니 작업실이나 집에서 일하는 작가 특성상 마주치기 어려운 직업이기 때문일지도 모르겠다.

은행 직원은 이야기를 우물쭈물하는 나에게 자신의 작가 지인 이야기를 잠깐 해 주었다. 평범하고 가벼운 대화가 시작되었다. 세금 이야기, 자신의 친구가 어디서 연재를 하는지, 어떤 장르 작가인지. 평소 은행에 가면 이런 대화를 할 일이 거의 없었다. 그날따라 내 일을 처리하는 데 대기시간이 좀 생긴 듯했다. 일 처리가 끝날 때까지 기다리느라 무료한 나를 위해 서비스 차원에서 가볍게 시작한 이야기였을 것이다.

"작가 일은 어때요? 저랑 다른 직종이라 궁금하네요."

은행 직원의 물음에 나는 잠깐 생각하고 입을 열었다.

"저는 음…. 모르는 게 많아서 어려운 게 많아요. 예를 들면, 특정 회사에 소속되어 있지 않아서 증명서 같은 걸 떼는 게 힘들어요."

"증명서요?"

"네. 특히 관공서요. 전 예술인 등록은 되어 있

는데 회사원들처럼 재직증명서가 나오진 않거든요. 유명 작가들은 다르겠지만 저는 증명이 힘들어서 그냥 백수라고 할 때가 많아요."

솔직한 답변을 했다. 특정 집단에 소속되어 있지 않기 때문에 정식 증명서를 떼는 게 힘들 때가 많다. 작품별 계약을 하여 단기 소속이거나, 플랫폼에 작업물을 올려 수익분배식의 정산을 하는 경우는 계약서를 쓰지 않을 때도 있어 예술활동 증명이 힘들 때도 있었다.

이야기를 마친 후 문득, 예전에 겪었던 일이 하나 떠올랐다. 한국예술인복지재단에 예술활동 증명을 받은 직후 궁금증이 생긴 일이었다.

'예술활동증명서는 정말 증명서가 될 수 있을까?'

'은행에도 쓸 수 있을까?'

한국예술인복지재단에서 예술인들을 위한 은행융자와 전세자금대출이 있다는 걸 떠올렸다. 마침 은행 통장을 만들어야 하는 일이 생겼다. 최근 금융범죄로 인해 통장을 새로 만드는 경우 통장이 인출제한통장으로 되어 필요 서류를 제출하거나 3개월간 자동이체를 해야 인출제한이 풀렸다. 직장에 있었을 때는 재직증명서로 가능했지만, 소속 없는 프리랜서로 일할 땐 참 난감했다. 프리랜서도 뗄 수 있는 서류가 몇 있지만, 은행에 적혀 있는 증명 서류가 아닐 때가 많았기 때문에 물어보기로 했다.

"저… 필요 서류로 이런 것도 되나요?"

나는 예술활동증명서를 발급받아 직원에게 용기 내서 물어보았다.

"아뇨. 그 서류는 안 됩니다."

"어…. 안 되나요?"

"혹시…. 은행 통장 처음 만들어 보세요? 저기 앞에 적혀 있는 서류만 됩니다."

은행 직원은 의아하다는 듯 이야기했다. 통장은 몇 번이나 만들어 봤지만 서류 제출할 땐 여전히 낯설다. 괜히 물었나 싶어 얼굴이 화끈거렸다. 괜히 직원의 바쁜 시간을 뺏은 게 아닌가 싶어 미안한 마음이 생겼다.

늘 겪는 일이지만 나는 서류 같은 데에서 '직업란'을 볼 때마다 고민에 빠지곤 한다. 프리랜서라고 적기엔 너무 범위가 넓게 느껴지고 작가라고 적으면 아직 남아 있는 내 고정관념상 소설 작가만 떠오른다. 물론 소설도 쓰고, 디자인도 하고, 그림도 그리니 얼추 맞는 직업이긴 한데, 뭔가 부족하게 느껴진다. 가끔 인터넷 등으로 직업란을 적어야 할 때 직업이 고정된 경우가 있다. 학생, 주부, 자영업자 식으로. 그럴 때마다 기타라고 선택하거나 자유직이나 프리랜서라는 단어가 보이면 선택할 때도 있다. 명칭이 고정되어 있지도, 그렇다고 내가 하는 일이 고정된 일도 아니므로 늘 바뀌는 기분이다. 마치 자유롭게 떠돌아다니는 유목민이 된 기분이다.

"저…. 좀 곤란한 질문일 수도 있는데, 다른 분들은 직업란에 뭐라고 적어요…?"

결국, 주변 작가들에게 물어보았다.

"전 자유직 선택해요."

"프리랜서요."

"아티스트(예술가)요."

다양한 답변이 나왔다.

'그래. 상황이 이렇다면 나도 상황에 맞게 융통성 있게 살자.'

결론이 나왔다. 아직도 헤매고는 있지만 좀 더 유연하게 살아가 보기로 했다.

아쿠아리움을 좋아하는 이유

나에겐 들어가기만 해도 마음이 편안해지는 장소가 있다. 푸른 물결이 넘실거리는 아쿠아리움이다. 나는 아쿠아리움의 두 눈 시리도록 푸른 빛을 좋아한다.

푸른색을 좋아한다. 파란색이라고 딱 집어 말하는 것이 아닌, 초록색, 파란색 모두 포함된 색상의 범위가 넓은 푸른색을 좋아한다. 그리고 그 푸른색이 담긴 바다색을 좋아한다. 보통 '바다색'이라고 하면 파란색이 먼저 떠오르지만, 나는 다양한 색이 떠오른다. 초록색, 파란색, 흰색, 햇빛색 등.

내가 푸른색을 좋아한다고는 생각하지 못했다. 그저 누군가가 "좋아하는 색이 뭐에요?"라고 물으면 "노란색이요."라고 답했다. 가지고 있는 소품들이 노란색이 많아지자 단순하게 노란색을 좋아한다고만 생각했다. 누군가가 노란색을 좋아하는 이유를 물어보면 "노란색은 주변 색도 밝게 만들어 주잖아요."라는 감성적인 말을 하곤 했다.

그래서 내가 노란색을 좋아한다고 생각했는데, 그게 아니었다. 푸른색도 좋아하고 검은색도 좋아하고 노란색도 좋아했다. 단순히 여러 빛깔의 색을 좋아했다. 다양한 색상이 나오는 곳, 바다, 그리고 물을 좋아하게 된 건 이런 이유일 것이다.

굳이 한 가지 색을 고르라고 한다면 바다 빛깔의 푸른색을 택하겠다. 바다 빛깔의 푸른색은 빛에 따라 좋아하는 색들이 다양하게 나왔다. 강한 햇빛을 밝으면 새하얀 흰색도, 햇볕같이 따뜻한 노란색도 나온다. 빛이 들지 않는 심해에는 어두운 푸른색부터 검은색까지도 보인다. 물속의 내포물에 따라 분홍색도 보인다. 고정되어 있지 않고 다양한 색을 보여주는 바다는 나에게 특별한 색이 되었다. 파란색과 녹색을 모두 합한 듯한 바다색, 물색은 이 색이다! 하기엔 범위가 넓지만, 바다색이 보여주는 다양한 색상의 변화는 나를 설레게 한다.

아쿠아리움은 나에게 다양한 물색을 보여주는 장소다. 넓은 수조 속의 해양생물들을 바라보며 내가 갈 수 없는 심해를 상상해 본다. 열대 강의 물색을 바라보기도 하고 약간의 흙이 섞여 색이 탁해진 물을 보기도 한다.

바다와 가까운 도시를 방문하면 아쿠아리움이 있는지를 확인하고 찾아간다. 운이 좋으면 여행하다가 전혀 예상치도 못한 도시에서 아쿠아리움을 만날 수가 있다. 아쿠아리움의 규모를 떠나 입구에 들어가는 순간 푸른 수조가 보이면 물결이 넘실거리듯 가슴도 세차게 뛴다.

바닥부터 천장까지 이루어진 커다란 수조부터 해양생물들이 한눈에 보이는 작은 수조까지 훑어보고는 가장 마음에 드는 수조 앞에 선다. 수조 주변에 적혀 있는 설명문을 읽고 수조를 가만히 바라본다. 형형색색의 생물들의 모습을 머릿속에 담는다.

사진을 찍어 보지만, 실제 눈으로 보는 푸른색과 카메라에 담기는 푸른색은 미묘하게 다르다. 아무리 카메라 기술이 발전했다고 하지만 육안으로 보는 색의 느낌을 잘 살리기가 어렵다. 다음엔 사진 기술도 배워서 오겠다고 매번 다짐한다.

색이 다양한 바다를 좋아하게 된 건 어릴 적 꿨던 꿈 때문이기도 하다. 내가 기억하는 최초의 꿈은 바닷속에서 물 위를 올려다보는 꿈이었다. 유치원생이었을 때 꾼 꿈이었는데, 고개를 들어 위를 올려다봤을 때 보였던 몽환적인 물결이 꿈에서 깬 이후에도 계속 머릿속에 남았다. 그 후 몇 번이나 비슷한 꿈을 꿨다. 어릴 때 꾼 꿈에서는 바닷속이 흐릿하게 보였지만 조금씩 나이를 먹어 갈수록 이미지의 해상도가 선명해지듯 꿈 이미지도 선명해져 갔다. 언젠가 진짜 바닷속에서 그 풍경을 보고 싶다고 늘 생각했다. 어느 순간부터 꿈속의 장면들을 그림으로 그리고 싶다는 생각이 들었다. 미술을 시작하고 자주 꿈속의 장면을 스케치해 보지만, 그때의 꿈속 이미지가 손에서 나오지 않는다.

'실력이 더 있었다면.', '영감을 받을 만한 이

미지가 더 있다면.', '자극을 줄 만한 계기가 더 있다면.' 하는 생각이 들었다. 언젠가 완성된 그림으로 표현하고 싶다는 생각이 들어 계속 그림을 그렸다. 여러 장을 그려도 원하는 느낌이 나오지 않자 손이 자주 멈췄다. 포기하긴 싫어 비슷한 느낌으로만 계속 미완성 그림을 그렸다. 이미지에 대한 욕구는 창작욕을 자극하였다. 수영을 잘했다면 바닷속에 들어가서 당장이라도 볼 수 있었을 텐데, 나는 수영을 못하는 데다가 숨이 막히는 것에 대한 트라우마가 있어 불가능했다.

꿈속의 바다 이미지가 더욱 선명해진 계기가 있었다. 초등학생 때, 제주도에서 관광객용 잠수함을 탔다. 숨을 참지 않고도 바닷속을 들어갈 수 있다는 것에 흥분이 되었다. 나는 잠수함 창문에 바짝 붙어 물 위를 바라보았다. 햇빛을 받아 반짝거리는 물결이 꿈속에서 봤던 풍경 그대로였다.

바닷속에서 바라보는 수면은 옅은 푸른색과 새하얀 빛으로 이루어져 있었다. 물결이 움직일 때마다 빛이 바닷속으로 들어와 바닷속을 환하게 밝혀줬다. 잠수함이 움직일 때마다 색이 변했다. 꿈속 같은 순간이 머릿속에 박혔다.

또다시 바다에 들어가 보고 싶었다. 하지만 용기가 나지 않았다. 스쿠버다이빙을 배워 볼까 하는 생각까지 해 봤지만, 체력이 많이 필요한 데다가 바다 상황에 따라 위험할 수도 있다는 말에 의욕이 생기지 않았다.

'직접 바닷속을 볼 방법이 없을까.'

가끔 인터넷으로 바닷속 이미지를 찾아봤지만, 이미지보단 직접 눈으로 보면서 그 감상을 기록하고 싶었다. 그림으로, 글로, 하다못해 낙서로라도 남기고 싶었다. 그런 나에게 부산은 언제나 바다를 볼 수 있는 장소였고, 아쿠아리움은 바닷속을 볼 수 있는 방법의 하나였다.

부산에서 대학을 다닐 때였다. 자료조사 겸 혼자 아쿠아리움에 갔다. 늘 누군가와 같이 가던 아쿠아리움이었지만, 그날은 혼자 가 보고 싶었다. 수업이 없는 평일이어서 관광객이 많지 않아 느긋하게 감상할 수 있다는 생각에 신이 났다. 조용히 감상하며 카메라에 푸른 빛 사진들을 담아내고 언젠가 과제에 쓸지도 모르는 아이디어들을 생각하고 싶었다.

터널에 들어갔을 때 물결과 조명이 만나 물속

에 있는 기분이 들었다. 그 순간 팟 하고 머릿속이 환해지는 듯한 느낌이 들었다. 인공조명이지만 빛이 내리쬐는 듯한 각도로 발밑에 물결이 보였다. 온몸에 물그림자가 움직였다. 물결이 넘실거리는 그 풍경을 담아내고 싶었다. 물결에 빛이 만나 생기는 그 몽환적인 풍경을 표현하고 싶었다.

사진을 찍고, 또 찍으면서 감상을 남겼다. 집에 돌아와 사진을 정리했다. 여러 빛깔을 가진 물사진들이 가득했다. 그날 찍은 사진들은 시간이 지난 후에도 작업에 큰 도움이 되었다.

때로는 일상에서 만날 수 있는 바다를 찾아보기도 한다. 컨테이너가 들어오는 부산항, 싱싱한 바다 냄새를 맡을 수 있는 자갈치시장, 사각사각 백사장을 걸을 수 있는 광안리 해수욕장, 소금기 섞인 바닷바람이 불어오는 해운대를 걸으며 내가 지금껏 봐 왔던 바다, 그리고 그 빛깔들을 정리해 본다.

혼자 버스를 타고 가다가 바다가 보이면 설렌다. 자주 보는 풍경이지만 계절에 따라 빛깔이 달라 새로운 풍경을 만들어 내기도 한다. 머릿속에 있는 이미지를 손으로 표현하기까지는 오랜 시간이 걸린다. 하지만 머릿속에는 늘 완성된 그림이 재생되고 있다. 그래서 멈출 수가 없다. 수 번, 수십 번, 수백 번의 실패를 반복하면서 완성해 나간다. 기록하고 또 기록하며, 내가 느낀 물색을 언젠가 작품에 구현할 수 있기를 기대한다.

초보 창작자, 비즈니스 메일을 쓰며 성장하다

창작자는 비즈니스 메일을 쓸 일이 많다. 한국어뿐만 아니라 영어, 일본어, 그 외 언어로 작성하기도 한다. 모르는 언어는 번역기와 사전을 찾아가며 한 줄 한 줄 정성스럽게 작성한다. 메일엔 작품계약, 전시, 연재, 상품화, 제안서 등의 내용이 오간다.

지금도 비즈니스 메일을 쓸 때마다 떨린다. 실수하지 않았는지, 내 의사를 제대로 전달을 하였는지, 쓸데없는 말을 하지 않았는지, 혹은 단어를 잘못 고르지 않았는지. 짧은 메일을 쓸 때도 몇 번이나 읽어 본다. 몇 줄 안 되는 내용이라도 여러 번 확인한 후에야 전송 버튼을 누른다.

작업에 관한 내용을 메일로 주고받아야 할 일이 많아질수록 떨린다. 대부분의 업체가 서울과 경기도에 있어서 비대면으로 진행해야 할 때가 많은데, 직접 만나서 대화하는 것과는 또 다른 긴장이 생긴다. 얼굴을 모르는 사람과 주고받는 비즈니스 메일로 내 인상이 결정될 수 있다고 생각해서 좋은 이미지를 남기기 위해 노력을 한다.

직장을 다닐 때도 비즈니스 메일을 많이 작성해야 했지만, 여전히 고칠 점과 배울 점이 많다. 그래서 부족한 부분은 공부하며 배워 나가는 과정에 있다. 내가 비즈니스 메일에 신경을 많이 쓰게 된 계기는 몇 년 전, 한 업체와의 일 때문이었다.

내가 만든 작품을 팔기 위해 어느 업체에 입점신청을 한 적이 있었다. 판매하려는 상품 수가 1종밖에 되지 않아 수수료가 많이 들어도 사업자 입점보다 개인 입점이 낫다고 생각했기 때문에 개인 입점을 받는 업체 위주로 메일을 보냈다.

그중 A 업체는 당시 SNS에서 인지도를 올리고 있는 신생 업체였고 마침 입점신청을 받고 있었다. 입점 문의 시 필요한 공지사항을 몇 번이나 읽어 보았지만 사업자 등록을 해야 입점할 수 있는지, 개인 입점도 받는지에 대한 내용이 없어 적혀 있는 메일주소로 문의를 했다. 당장 낼 수 있는 상품 1종 외엔 상품이 아직 다 제작되지 않은 데다가 그 업체는 신생이었기 때문에 어떤 스타일의 상품을 받을 예정인지, 어떤 제품을 주로 판매할 예정인지에 대해 잘 나와 있지 않았다. 질문 메일부터 먼저 보낸 후 업체에 맞춰 상품을 넣고 입점 제안서를 만들어 보낼 생각이었다.

문의할 때 필요하다는 제품 사진은 제품이 적었기 때문에 한 장으로 보냈고, 아직 제작되지 않은 상품에 대해서는 언급만 하였다. 그리고 내 작품 콘셉트가 다른 작가들과 겹치지 않는지 알 수 있도록 내 포트폴리오용 SNS 주소들을 함께 보내면서 '입점을 하려면 사업자 등록이 필요한가요?'의 문의 질문도 같이 보냈다. 입점신청에 떨어지더라도 나중에라도 입점할 기회가 되면 다시 입점 제안을 할 예정이었다.

'사업자 등록을 하지 않아도 입점 가능한가요?'라는 질문에 A 업체는 대답하지 않았다. 거절의 표시로 답장을 하지 않는 업체도 있으므로 거절이구나 하는 생각이 들었다.

그런데 그날, A 업체의 SNS에 '제품 사진 한 장만 보내거나 SNS 아이디만 보내는 작가들이 있다.'라는 글이 올라왔다. 그날 입점 문의를 하며 사진 한 장과 SNS 주소를 남긴 나를 저격한 글인가 싶어 오해를 풀어야겠다고 생각했다. SNS에 직접 글을 남기기엔 일이 커질 수도 있을 것 같아 조용히 해결하고자 메일을 작성했다.

아직 작업이 완료되지 않아 A 업체가 어떤 상품을 받고 있는지, 주로 어떤 콘셉트를 받고 있는지에 대한 내용을 알고 싶었으며 입점에 대한 문의를 먼저 남긴 건, 추후 정식입점 문의를 할 때 참고를 하기 위해서였다고 해명 메일을 보냈다. 아직 답변을 못 받은 사업자 등록이 필요한지에 대해 다시 문의했다.

내 메일을 받은 A 업체의 반응은 싸늘했다.

「저희 쪽에서 작가님의 입점을 받을 생각이 없는데, 그것들이 왜 궁금하신지 모르겠습니다. 그럼에도 알려드리자면 아래와 같습니다.」

메일 본문엔 내가 보낸 질문 글에 대한 답변이 적혀 있었지만, 한눈에도 억지로 답변글을 작성했다는 걸 알 수 있었다.

「공지를 끝까지 봤다면 아시겠지만, 작품사진 5장과 우리 업체에는 없는 스타일과 제품을 원한다는 글이 있습니다. 입점 문의를 하신다면, 공지를 숙지하시고 문의하시기를 바랍니다.」

굉장히 불쾌해하며 어쩔 수 없이 설명하는 말투에 나는 한참 동안 메일을 멍하니 보고만 있었다. 어떤 상품을 취급할 예정인지, 입점 작가를 받는 시점에 어떤 스타일이 없는지 모르는 상태에서 공지에 없는 내용에 대해 문의 메일 보냈었는데, 어쩌면 내가 못 찾은 부분이 많았을지도 모른다는 생각이 들었다. 내 실수를 하나하나 짚어 봤다.

'제안서를 작성 안 했고…. 내 메일 말투가 많이 딱딱해 보였을 수도 있겠다…. 사진 장수도 많이 부족했고…. 실수한 게 많네…. 다음에 메일 보낼 땐 조심해야겠다….'

실수가 보이자 얼굴이 화끈 달아올랐다.

A 업체는 내 메일을 받은 후 SNS에 올려두었

던 글을 지웠다. 특정 작가를 지칭한 게 아니라는 사과글과 함께.

이 일은 나에게 큰 충격이 되었다. 그전에도 몇 번이나 타 업체에 비즈니스 메일을 보내 봤지만, 공지사항에 없는 문의를 한 것으로 이런 반응을 받은 건 처음이었다. 나를 저격한 게 아니라고 해도 내 메일 이후 A 업체가 SNS에 바로 올린 글을 보며 처음엔 당황했지만, 실수를 하나하나 짚어보며 정리를 했다. 나 자신을 반성하는 계기가 되었다.

'좀 더 공지사항을 살펴볼걸.'

'상품 수를 늘린 후 물어볼걸.'

'앞으로는 제안서에 좀 더 신경을 써야겠다.'

A 업체와 주고받은 메일을 몇 번이나 읽어 보며 내가 실수한 것들을 책상 위에 붙여 놓았다. 이 일을 계기로 제안서 제작방법과 비즈니스 메일 양식에 좀 더 신경을 썼다. 이렇게 깨닫게 된 건 다행이었다. 덕분에 메모를 꼼꼼히 하는 습관이 생겼다. 전에는 덜렁거린다는 소리를 자주 들었는데, 이후 덜렁거린다는 소리보다 꼼꼼하다는 소리를 더 많이 듣게 되었다.

또한 메일로 문의하기 전 업체 SNS와 홈페이지를 꼼꼼하게 보며 중복질문이 있는지, 제안방식에 따로 양식이 있는지, 메일 본문 속 말투에 문제가 있는지, 단어 선택은 알맞은지 신경을 쓰게 되었다.

'이번 업체는 따로 양식이 있네.'

'이 업체는 홈페이지에 자주 묻는 질문에 대해 적어 놨구나. 참고해야겠다.'

제안서 기본양식을 만들고, 제삼자가 봐도 이해될 수 있게 내 작품을 정리하고 소개해 본다.

이후 1년쯤 지났을까. A 업체의 소식을 건너 건너 듣게 되었다. 좋지 않은 소식이었다. 경영악화와 A 업체의 일방적 계약해지로 입점 작가들과 트러블이 생겼다는 이야기였다. A 업체의 잘못이 컸기에 끝이 굉장히 좋지 않았다. 이후 A 업체가 폐업했다는 소식을 들었을 때 나는 그 과거의 메일을 꺼내 다시 읽어 보았다.

비즈니스 메일을 쓸 때마다 한 번씩 이 경험을 떠올리곤 한다. A 업체와의 일이 아니었으면 지금도 나는 비즈니스 메일의 양식을 생각할 일도, 문의하기 전에 홈페이지를 한 번 더 확인하는 것도 소홀히 하고 있었을지 모른다. 상황에 맞는 단어를 쓰기 위해 사전을 찾아보기도 하고, 인터넷에 공개된 제안서를 읽어보기도 한다. 아직도 많이 배워야 하지만, 이 일 덕분에 정신을 바짝 차리며 작업을 하고 있다.

비대면으로 비즈니스 메일을 주고받다 보면 사소한 것에도 오해가 생길 수도 있다는 걸 항상 기억하며 더 꼼꼼해지려고 한다. 직접 현장에 갈 수 없는 경우일수록 신경을 더 쓴다. 부산에서 활동하다 보니 수도권을 포함한 타 업체와 비대면 활동이 많아져서 더욱 신중해진다. 메일 전송을 하기 전에 몇 번 더 읽어본 후 메일을 보낸다. 이번에도 실수가 없기를 바라며.

이 푸른색은 인쇄가 힘들어요

"인쇄 다 되었습니다. 한번 확인해 보세요."

인쇄소에서 인쇄물을 건네주며 말한다. 인쇄물에 문제가 없으면 이제 오늘 할 일은 끝이다. 인쇄소에 갈 때마다 이 마지막 확인 단계가 항상 문제다. 붉은색, 노란색, 그러데이션, 애매했던 반짝이 표현 모두 괜찮다. 그런데 뭔가 걸린다. 좀 더 밝은 곳에서 확인해 보니 뭐가 잘못되었는지 한눈에 보였다.

'어? 푸른색이…. 너무 어둡네…?'

푸른색만 또 인쇄 실패다.

"이 푸른색 계열이 좀 이상한데요…."

"이 푸른색은 우리 인쇄소에서는 인쇄하기 어려운 색이에요."

모니터와 비교해 봐도 거의 똑같이 인쇄된 다른 색과는 달리 푸른색만 유독 어둡다. 디지털 페인팅을 인쇄할 땐 모니터와 100% 같은 인쇄를 할 수 없다고 해도 얼추 비슷하게 나올 줄 알았다.

몇 번을 봐도 내 머릿속에서 상상한 색과 다르다. 흐릿한 푸른색이 눈에 거슬릴 만큼 눈길을 잡는다. 내가 원하는 색은 쨍한 파란 색감이었는데 인쇄물은 칙칙한 푸른색이다. 몇 번을 봐도 내가 원하는 색감이 아니다. 실패한 인쇄 결과물을 받아 들고 잠시 고민을 했다.

'설마 내가 CMYK(인쇄용 컬러)로 안 바꿨던가.'

파일을 확인하니 CMYK가 맞다. 수정하다가 설정을 잘못 건드렸나 싶어 살펴봐도 설정엔 별문제가 보이지 않는다. 모니터와 결과물을 번갈아 확인해 봐도 다른 색은 맞게 나오는데 딱 푸른색만 다르다. 아냐. 뭔가 이상해. 하면서 몇 번을 확인해도 CMYK로 변환된 게 맞다.

'필터가 덧씌워졌나?'

'아니면 색을 잘못 배치했나?'

'조명이 어두운가?'

'인쇄 설정을 잘못했나?'

'이상하다…. 분명 이렇게 설정하는 게 맞다고 했는데….'

어디가 잘못된 걸까. 혼자 끙끙거리다가 인쇄소 직원에게 도움을 요청했다. 인쇄소 직원분과 함께 의논해 봐도 결론은 하나로 나온다. 내 작품의 이 푸른 색감은 인쇄하기 어렵다고 했다. 직원은 조심스럽게 다른 인쇄소에 가 보라고 말했다.

인쇄 실패를 해도 돈은 지불해야 하니 지갑이 쑥쑥 가벼워지는 기분이다. 잔뜩 풀이 죽은 내가 안타까웠는지 인쇄소 직원은 밖으로 나가 몇 군데 방향을 가리키며 다른 인쇄소를 추천해 준다. 인쇄 거리를 걷고 또 걸었다. 추천받은 인쇄소부터 '포트폴리오 인쇄', '컬러'라고 적혀 있는 인쇄소의 문을 모두 두들겨 본다. 노트북 모니터를 보여주는 순간 여기서는 그 색감이 인쇄가 안 된다며 돌려보내는 인쇄소도 있었다. 그렇게 온종일 인쇄소 탐방을 했지만 헛걸음이었다.

벌써 몇 번째인지 모르겠다. 인쇄할 때 푸른색

이 가장 많이 변한다고는 들었지만 이렇게 인쇄가 어려울 줄은 몰랐다. 쓰는 색을 바꿔야 하나 싶어도 알량한 자존심 때문에 색을 바꾸기는 싫다. 쓰고 있는 색을 바꾸긴 싫다는 고집 하나 때문에 이렇게 고생을 한다. 내가 자초한 일이니 실패한 결과물을 받아도 슬퍼해선 안 된다.

내가 원하는 색감을 그대로 인쇄하기 어렵다는 건 알고 있다. 모니터와 실제 인쇄했을 때의 느낌은 확실히 다르니까. 이건 학생 때도 잘 알고 있는 일이었다. 반드시 똑같지 않아도 원래의 색감과 비슷하게라도 나왔으면 하는 욕심이 생겼다.

그래서 인쇄를 할 때마다 가슴이 터질 듯 두근거리며 떨린다. 인쇄가 들어가는 순간 수정은 불가능하다. 인쇄하기 전 리뷰를 꼼꼼하게 읽어 보고, 지인에게 물어보기도 하면서 인쇄소 리스트를 만들어 나갔다. 주변의 모든 인쇄소에 하나씩 인쇄를 맡길 순 없으니 제일 먼저 하는 건 인쇄소를 검색하는 일이었다.

대량인쇄가 필요할 때가 몇 번 생겼다. 전시회를 할 때, 포트폴리오를 갱신할 때마다 인터넷에서 인쇄소를 검색해서 대량 발주를 넣어야 했다.

마감에 맞출 수 있을까. 인쇄가 잘 될까? 직접 갈 수 있을까 하고 주소를 보니 대부분 서울, 파주, 경기도권이다. 요즘은 택배가 잘 발달되어 있어서 수도권 인쇄소에서 인쇄해도 빠르게 택배로 받을 순 있지만 직접 가는 건 어렵다. 가능하다면 직접 보고 샘플을 하나 뽑은 뒤 상태를 확인하고 대량 인쇄를 하고 싶었기 때문에 내가 갈 수 있는 곳 위주로 다시 찾아야 했다.

지역마다 인쇄 거리가 있지만, 인터넷에서 나에게 맞는 인쇄소를 찾기가 의외로 어려웠다. 인쇄소를 검색할 때마다 상위에 뜨는 건 모두 수도권이었다. 부산에서는 인쇄소 정보를 찾을 수 없을까? 하고 밤새도록 검색을 하며 인쇄소 리스트를 만든 적도 있었다. 그렇게 찾아낸 인쇄소에 가보면 리스트를 다시 정리해야 한다. 전화로 하나하나 문의하기엔 그 수가 많아져 직접 노트북을 가지고 발로 뛰어다닌다.

“저흰 흑백 위주로 인쇄를 해요. 책 같은 거요.”

인쇄소마다 취급하는 인쇄물의 종류가 다르기도 했고,

"이 색감은 좀 힘들겠는데요…."

'컬러'라고 되어 있지만 잘 나오는 색의 종류가 다를 때도 있었다. 인쇄소가 몰려 있는 골목마다 찾아다니고, 컬러 인쇄물을 많이 뽑을 만한 대학가 근처들을 뛰어다녔다. 그중에서도 색감이 중요한 포트폴리오를 뽑을 만한 미술대학 근처를 돌아다녔다.

마감 기간이 다가오자 현실적으로도, 체력적으로도 인쇄소를 직접 찾아다니기가 어려웠다. 결국, 인터넷을 통해 인쇄물을 접수할 수밖에 없었다. 소비자 입장에서는 편한 방법이다. 나에게 맞는 인쇄소를 찾는 건 마감이 끝난 후 시간이 날 때 해야겠다고 생각했다.

하지만 소량 샘플 인쇄 후 대량인쇄를 맡기기까지 택배를 보내고 받는 데 시간이 오래 걸렸다. 운이 좋게도 수도권의 인쇄소에서 택배를 받을 때마다 원하는 색감이 나왔지만, 한편으로는 걱정이 되기도 했다. 이렇게 항상 수도권 인쇄소에 맡기게 되면 지역 인쇄소는 점점 힘들어지지 않을까? 그렇다고 지역에 좋은 인쇄소가 없는 건 아니다. 나에게 맞는 인쇄소를 아직 못 찾았을 뿐, 컬러 인쇄소를 찾으려면 지인의 추천을 받거나 직접 발로 뛰는 수밖에 없구나 하는 생각이 들었다.

'내가 아직 찾지 못한 좋은 인쇄소가 많을 테니 한번 발로 뛰어 볼까?'

'인쇄소를 하나하나 리스트로 정리하다 보면 언젠가 다른 사람에게도 도움이 되겠지?'

게으름 피우면 안 될 이유가 생겼다. 부지런해져야겠다. 마음속에 꼭 완료하고 싶은 숙제가 생겼다.

비대면 시대에 지역 예술가가 살아가는 방법

지잉—.

월말이 되자 책상 위 아무렇게나 올려둔 핸드폰이 울린다. 중요한 메일이 왔다는 알림이다. 몇 번을 들어도 기분 좋은 알림 소리에 벌써 날짜가 이렇게 되었나 싶어 메일함을 확인한다.

메일함을 안 본 사이에 메일이 몇 통 더 와 있다. 메일을 확인하는 김에 다른 메일 계정들도 함께 확인해 본다. 스마트폰으로도 내 작업물 업로드 상태와 이메일을 확인할 수 있으니 중요한 메일도 그 자리에서 바로 전송할 수 있다.

온라인 플랫폼에 올려 놓은 작업물이 팔릴 때

마다, 작업물의 정산 날짜가 다가올 때마다 알림이나 메일이 온다. 가끔 특정 단어 때문에 스팸 메일함에 들어가 버리는 불상사도 있어 꼼꼼하게 스팸 메일함까지 확인해 준다. 스팸메일이 가득한 메일함 속에서 필요한 메일을 쏙쏙 확인한다. 따로 메일로 오지 않는 정산 안내들은 직접 플랫폼에 들어가 로그인한 후 확인한다. 월초나 월말에 하는 작업 중 하나다.

5년도 안 된 시간 동안 많은 것이 변했다. 문자와 전화 정도만 되었던 휴대폰이 어디서든 인터넷이 가능한 스마트폰으로 발달하면서, 어깨를 조였던 노트북이 가방에 쏙 들어갈 만큼 가벼워지면서, 그림을 그릴 수 있는 휴대용 태블릿 PC가 생기면서, 창작자들의 생활도 점차 달라지고 있다.

그렇게 변화의 흐름을 타며 내 생활도 많이 변했다. 디지털 드로잉을 하지만 여전히 아날로그 느낌을 좋아하는 나는, 태블릿 PC의 그래픽 프로그램에서 연필 선의 브러시를 쓰며 손 그림 느낌을 시도해 보기도 한다. 물론 100% 아날로그의 느낌을 내긴 어렵지만 다양한 방식을 시도하며 배워 나가는 것이 즐겁고 재밌다.

전자기기로 아날로그의 느낌을 좇는 것이 지금 이 시대에 맞는 일일까 하는 생각이 가끔 들기도 하지만 내가 즐거우니 일단은 계속 해 보기로 했다. 이 또한 하나의 과도기라고 생각하며 받아들인다.

가방 안에 쏙 들어가는 전자기기들 덕분에 앉을 수 있는 곳이라면 어디에서든 작업이 가능해졌다. 여행작가가 된 기분으로 태블릿 PC를 갖고 다니며 어반스케치를 그리기도 하고, 카페에서 커피를 마시다가 문득 생각난 아이디어를 그 자리에서 바로 그려 보기도 한다. 지우는 것 또한 쉬워 그림을 완성할 때까지 마주 봐야 하는 흰 캔버스가 이제는 두렵지 않다. 색을 잘못 써도, 도구를 착각해도 금방 수정이 가능하다. 실패에 대한 두려움이 희석된다.

글도 핸드폰 메모장을 이용해서 출근길 대중교통에서 써 보기도 하고, 휴대가 가능한 접이식 미니 키보드를 가지고 다니며 틈틈이 글을 완성하기도 하였다. 시간을 효율적으로 쓸 수 있어 일어난 후 잠들기까지 창작을 할 수 있는 시간이 많이 늘었다. 자투리 시간을 활용하며 작업물을 완성해 본다.

매일 아침 눈을 뜨면 새로운 뉴스가 흘러나온다. 어릴 때만 해도 변화가 크게 없을 거라 생각했던 문화예술계의 새 소식이 자주 눈에 띈다. 새로운 장르, 새로운 도구, 새로운 작업방식, 그리고 새로운 전시방법까지. 매일 관련 기사가 쏟아져 나와 꼼꼼히 읽기도 어려울 정도다. 아직 나는 다 적응 못 했는데 세상은 변화가 빠르다.

내가 따라잡기도 전에 빠르게 변화하는 세상이 무서울 때도 있었다. 그런데 온라인 위주로 발전이 많이 되자 문화예술 시설을 사용하진 못해도, 정보 수집의 경계는 허물어지고 있다는 생각이 들었다.

SNS가 발달하면서 홈페이지에 들어가서 직접 게시글을 확인하는 작은 수고도 덜었다. 문화예술계의 최신 소식을 실시간으로 볼 수 있다. 관련 SNS 계정을 팔로우해 두기만 하면 타임라인에 요약된 뉴스들이 주륵 뜬다. 중요한 공모전이나 지원정책이 있으면 소식을 읽으며 잊지 않도록 메모를 남겨 둔다.

온라인 플랫폼이 많이 발달하면서 지방에 있어도 아트상품 판매가 가능해졌다. 플랫폼이 많아지고 유통업체가 많아졌다. 플랫폼 홈페이지를 통해 앞으로의 사업 방향과 공모전에 대해 확인할 수도 있다.

플랫폼이 발달하면서 인터넷이 되는 곳이라면 작업물 파일을 어디에서라도 올릴 수 있다. 몇 번의 결제방식을 인증해 놓으면 해외 판매사이트에서도 내 작업물을 팔 수 있게 되었다.

비대면이 많아지다 보니 등기우편으로 계약하다가도, 가끔 전자계약도 할 기회가 생긴다. 지역에 있어도, 집에 있지 않아도 계약서를 주고받는 것이 가능해졌다. 낯선 방식이라 처음엔 헤매었지만 경험할수록 익숙해진다.

하지만 이런 변화가 때론 두렵기도 하다. 어느 순간부터 내가 못 따라가지 않을까 하는 생각이 들었다. 시간이 흐를수록 기기도 많아지고, 배워야 할 프로그램이 많아진다. 이런 변화는 서점의 자격증 코너만 가도 느껴진다. 나는 처음 보는 프로그램인데 벌써 업계 사람들 사이에서 입소문이 돌아 응용법을 다룬 책들이 나온다. 뒤처지면 안 된다는 생각에 나도 책을 사서 밤마다 읽으며 실습해 보기도 한다.

쓰고 있는 그래픽 프로그램도 모르는 기능이 많은데, 벌써 새로운 그래픽 프로그램을 쓰는 사람도 많다. 마음이 다급해져 동영상을 보면서 혼자 공부해 보지만 따라잡기 버겁기도 하다. 작법서를 여러 번 읽어도 보기엔 쉬워 보였던 것들이 막상 해 보면 어렵다.

나는 이럴 때마다 온라인 플랫폼이 있어서 다행이라는 생각이 든다. 온라인 플랫폼의 종류는 다양하다. 예술에 관련된 몇 가지만 떠올려 봐도 강좌를 들을 수 있는 교육 플랫폼, 판매를 할 수 있는 판매 플랫폼, 작품 연재를 하는 연재 플랫폼이 있다. 매일 범람하는 새로운 예술계 소식들과 새 프로그램을 배울 수 있는 강좌도 어디서든 접할 수 있다. 비대면 인터넷 강좌를 통해 시간 날 때마다 공부할 수 있게 되었다. 물론 대면 강좌만큼의 효율은 없을지도 모르나 최소한의 환경만 구축된다면 공부할 수 있는 환경이, 판매할 수 있는 환경이 되어 준다는 게 희망적이었다.

불과 몇 년 전만 해도 내가 배우고 싶었던 강좌의 인원이 미달되어서, 강좌를 여는 곳이 가깝지 않아서, 혹은 수도권에만 있어서, 시간이 안 된다는 이유로 듣고 싶었던 강좌를 포기해야 할 때도 많았다. 정보의 수는 압도적으로 수도권 위주였다. 다른 예술가들의 작품을 보고 싶어도, 음악을 듣고 싶어도 강의를 듣고 싶어도 아쉽게 포기해야 할 때마다 더는 기회가 없을까 봐 불안했다.

지금은 이런 온라인의 발전이 진행되고 있어서 희망이 보인다. 부산에 있어도, 또 다른 지방으로 가게 되어도 대체방법이 많이 늘어났다. 나날이 발전하는 세상 속에서 지방에서 활동하는 예술인은 변화를 기분 좋게 받아들여 본다.

예술가들이 여전히 오프라인으로 만나는 이유

미술 대학을 졸업한 뒤, 주변 동기들은 각자 자신의 길을 갔다. 그중에는 전공과 관련 없는 일을 하는 사람도 있었고, 꾸준히 자신의 작품을 작업하는 사람도 있었다.

미술 대학을 나왔지만, 그 분야가 세분화되어 있고 자신의 전공과는 다른 일을 하는 경우도 많아서 진로가 겹치는 건 의외로 드물었다. 그러다 보니 동창이라고 해도 비슷한 일을 하지 않으면 일부러 시간을 내지 않는 한 필드에서 만나기 어려웠다.

작가 일을 하다 보면 가끔 소모임을 할 때가

있다. 작가라는 직업은 분야가 여러 갈래로 나뉘기도 하고 명확한 장르 구분이 없어서 새로운 정보는 필요하면서도 그 정보를 어디서 찾아야 할지 몰라 헤매기도 한다. 혼자서 일하다 보니 한계에 부딪히는 경우가 생긴다. 작품별 계약을 하는 프리랜서인 경우엔 소속된 곳이 없을 때가 많아 프로그램, 도구, 팁에 관한 정보를 얻을 곳이 절실해진다. 그래서 모임엔 주로 정보를 찾기 어려운 사람들이 많이 모인다.

모임은 보통 작가 커뮤니티 카페나 지인들 간의 소개를 통해 공지된다. 가끔 지역 커뮤니티에서도 창작자 관련 모임이 보이기도 한다. 그리고 서로 정보를 교환한다. 모임이라고 해도 거창하게 열리진 않는다. 찾기 쉬운 번화가의 카페나 음식점이 모임 장소다. 프로 작가, 아마추어 작가 들이 모여 정보교환, 주변 이야기, 근황 등 여러 이야기를 주고받는다. 작품 활동을 하고 있다면 이야기할 것도 많아지기에 금방 적응된다. 가벼운 마음으로 참가하면 된다. 작가 모임 외에도 그림 모임, 작업 모임, 출판 모임 등 다양한 이름의 모임이 많다. 그림에 특정 효과를 내기 위해 어떻게 하면 되는지, 원하는 색감을 얻기 위해 인쇄는 어떻게 하면 되는지, 그림체에 따라 추천하는 그래픽 프로그램이 있는지 등에 관한 이야기를 나누다 보면 시간 가는 줄 모른다.

각자 활동하는 분야와 관계없이 모이는 자리라면 더 기대된다. 운이 좋으면 자신의 분야를 넓힐 수 있는 정보를 얻기도 한다. 동영상 제작, 이모티콘 제작, 독립출판, 순수 회화, 전시 정보까지 다양한 장르의 활동 정보를 접할 수 있다. 고정 멤버는 주최자 외에는 없는 경우가 많아 자유롭게 참가와 불참이 가능했다. 모임 출석 강요도 없으므로 말 그대로 자유롭다. 소속되는 걸 싫어하는 성격이라면 더 가볍게 참가할 수 있다.

소개로 만날 때도 있고, 우연히 아는 사람을 만나게 되는 일도 있다. 필명으로만 알고 있었는데, 이야기해 보니 서로 한두 다리 건너 아는 사이인 경우도 있었다. 이런 일을 겪을 때마다 예술계가 참 좁다는 생각이 들었다.

명함이 있는 경우 명함 교환도 하는데, 나는 창작자, 작가 모임에 내 명함을 가지고 간다. 내가 그린 일러스트가 들어간 작가 명함은 나를 소개

할 때 상당히 도움이 된다.

"작가님이랑 그림이랑 분위기가 닮았어요!"

일러스트 명함을 건네줄 때마다 듣는 말이다. 내 명함은 한 면엔 일러스트, 한 면엔 간단한 소개와 연락처가 있다. 일러스트와 내가 정말 닮았나 보다. 이런 이야기를 할 때마다 어색했던 대화가 자연스럽게 이어져서 기분 좋다. 단 한 장의 일러스트 명함이지만 처음 만난 사람들에게 나에 대해 전달할 수 있는 계기가 되기도 한다. 명함에는 내가 어떤 작업을 하는지, 작품특성은 어떤지, 모임 이후에도 서로 연락이 가능하도록 이메일 주소를 적어 놓는다.

대화 주제는 자유지만 원활한 교류를 위해 서로 감정이 상할 수 있는 정치, 종교의 이야기는 금지다. 최소한의 규칙은 있으므로 모임 참가자들은 이 규정을 지키며 정보 교류를 한다. 대부분의 대화 주제는 작업 방식과 작품에 관련된 이야기다. 가끔 작품이나 필명으로만 알고 있던 작가님을 만날 때도 있어 이번엔 어떤 작가님을 만날까 두근거리기도 한다.

"저는 디자이너 일을 하고 있어요."

"요즘 아르바이트로 택배 일을 하고 있어요."

"작품 설정 고증을 위해 관련 아르바이트를 하고 있어요."

작가들은 본업이 있거나 아르바이트를 병행하며 작품을 만들 때가 많아 작품 이야기 외에 다양한 직업군의 이야기를 듣기도 한다. 직업군이 다양한 만큼 다양한 경험담이 풀어진다. 연령대가 다양하다면 내가 겪지 못한 시대와 경험에 관한 이야기를 들어볼 수도 있다. 생계를 위해서, 작품의 자료조사를 위해서 시작한 일들이 작품에 녹아들면 작품의 퀄리티가 한층 더 상승하는 것 같다.

자신의 작품이나 신상을 알리지 않는 작가도 많다. 신비주의를 선택한 작가부터 개인적인 사정으로, 직장에 알리기 싫어서, 여러 필명으로 활동을 한다는 이유로 자신을 감춘다. 신상 공개를 하는 건 자유기에 모두 자신이 감당할 수 있는 정도로만 공개를 한다.

시대가 급변하는 만큼 문화예술의 경계도 많이 허물어져 작가들이 작업하고 있는 콘텐츠의 종류도 다양하다. 웹툰, 웹소설, 순수미술, 디자인, 일반 소설, 비주얼 노벨을 포함하여 작곡 같은 아직 익숙지 않은 분야도 있다. 더 나아가 모임에서 정보를 얻어 새로운 분야를 시도해 보는 사람도 있다. 작가들을 만나며 작업 팁을 얻거나 새로운 미술도구, 기계, 인쇄소, 거래처 등의 추천을 받기도 한다.

창작하는 사람들과의 대화는 늘 즐겁다. 모두 도전을 좋아한다. 당장 실천할 수 있는 작은 도전부터 인생 대부분의 시간을 바치는 큰 도전까지. 옆에서 이야기를 듣다 보면 나도 멈출 수 없어 그 자리에서 내가 도전해 보고 싶은 분야를 기록하게 된다. 다음에 만날 땐 성공해서 이야기할 수 있도록.

슬프게도 부산에서는 소모임을 하는 게 힘들었다. 이런 모임의 수가 수도권에 비해 적어 요즘 어떤 작업 도구가 좋은지, 작업 팁 같은 건 혼자 독학해야 했다. 팀 작업을 하고 싶어도 팀원을 찾는 게 힘들었다. 모임이 있어도 모집되는 인원이 적은 때가 많았다. 부산의 창작자 모임이 적다고 느끼는 건 내가 정보가 부족해서일지도 모른다는 생각이 들어 지인에게 물어봤다.

"요즘 부산엔 작가가 많이 없나요?"

"없는 건 아니지만…. 아무래도 수도권이랑 비교하면 좀 수가 적지요."

"아…. 그렇군요."

"그런 부분이 힘들긴 하지만, 지역에서 작업하면 혜택이 좀 있어요."

"혜택이요?"

"네…. 사람 수가 적어서 경쟁자가 적어요. 예술 지원사업이라던가 작업실이요. 예약자가 적어 촬영 스튜디오 빌리기도 수월해요."

슬픈 대답이었다. 부산에서 활동 중인 작가들에게 물어보면 비슷비슷한 답을 했다. 아쉬운 생각이 들어 타지역 작가들에게도 물어봤지만 역시 대답은 비슷했다.

인터넷에서 창작자 모임이 있는지, 정보를 교류할 곳이 있는지 찾아봤지만 '장소'라고 적혀 있는 곳들은 대부분 수도권이었다. 결국, 예술 관련 인프라 부족으로 서울에 올라가 버려 점점 사람이 줄어들고 있다는 이유였다. 어쩔 수 없는 현실에 아쉬운 생각이 계속 들었다.

지역에서 예술을 한다는 건

"아…. 거기요? 제 고향이긴 하지만 볼 게 정말 없어요."

"놀러 가려고요? 진짜 놀 거 없을 텐데…."

지인들이 사는, 혹은 지인이 예전에 살았던 지역으로 여행을 가려고 갈 곳을 추천받을 때면 늘 듣는 말이다. 이 말을 들었을 땐 단순하게 겸손의 의미로 받아들였다. 하지만 더 친해질수록 이 말이 '겸손'이 아닌, 진심으로 하는 말이라는 걸 깨달았다.

나는 지인들에게서 '지역에 가면 볼 게 없다.'라는 말을 들을 때마다 '정말 볼 게 없을까?' 하는 생각이 들었다. 가 본 적 없는 지역일수록 그 지역에 대한 기대감과 호기심이 생겼다.

몇 년 전, 전라도 전주로 친구들과 여행을 간 적 있었다. 전라도는 부산에서 가는 교통편이 많지 않아 쉽게 갈 수 없는 지역이기도 했다. 두근거리는 마음을 안고 고속버스를 타고 한참을 갔다. 처음으로 전주에 가는 거라 잔뜩 기대가 되었다.

이야기만 듣던 전주 한옥마을에 갔을 때, 많은 전통 공예품이 관광상품으로 만들어져 있는 것이 눈에 들어왔다. 전통 부채를 만들어 보고, 민속공예품을 구경했다. '전통 예술을 이렇게 이어 올 수도 있구나.' 하는 생각이 들었다. 맛있는 점심을 먹은 뒤 전통차를 마셨다. 그리고 한참 관광을 마친 후 마지막 코스로 가기 위해 택시를 탔을 때였다.

"○○으로 가 주세요."

"어디서 오셨어요?"

"부산에서 왔어요."

"아, 부산! 부산에서 오셨구나. 부산에서 왔으면 전주는 볼 것 없을 텐데…. 부산이랑 비교하면 어때요? 볼 거 있었어요?"

전주에서 처음 탄 택시에서 들은 말이었다. 나는 순간 택시 기사 아저씨가 말한 '볼 게 없다'라는 말이 마음에 걸렸다. 예의상 낮춰서 하는 말인지, 아니면 정말 볼 것이 없다는 뜻으로 하는 말인지 구분은 되지 않았지만, 자신이 사는 지역을 진심으로 싫어하는 사람은 많지 않을 거란 생각이 들었다. 거주민이 보는 지역의 모습과 관광객이 본 지역의 모습은 다를 수도 있겠다는 생각이 들어 나는 관광객의 눈으로 본, 내가 여행한 곳에 대한 감상을 이야기해 주고 싶었다.

"전주 처음 와 봤는데, 정말 볼 게 많았어요. 전통공예를 이렇게 많이 본 건 처음이었거든요. 전주 한옥마을이 정말 좋았어요. 연잎밥도 먹었고요."

기사 아저씨에게 내가 본 것과 먹은 것에 대해 간단하게 이야기를 했다. 기사 아저씨는 자신의 지역에 대해 칭찬하는 말에 기분이 좋아진 듯했다.

"그래요? 다행이다. 재밌게 놀다 가요."

기사님의 목소리가 밝아졌다. 가고자 하는 목

적지가 가까웠기 때문에 짧은 대화가 오갔지만, 만약 그때 긴 시간이 있었다면 내가 보고 느낀 것에 대해 더 이야기했을 것이다. 기사 아저씨와의 대화를 통해 어쩌면 나 또한 부산에 대해 잘 모르고 있을지도 모른다는 생각이 들었다. 만약 누가 나에게 '부산엔 어떤 관광지가 있나요?'라고 묻는다면 곧바로 대답할 수 있었을까.

전주 한옥마을을 시작으로 시장, 청년들이 운영하는 개성 있고 다양한 공방과 상점들을 구경했다. 다만 빈 상점이 곳곳에 있다는 게 마음에 걸렸지만 운영하는 상점들이 있어 안으로 들어가 구경을 했다. 옷, 패브릭, 소품들이 많았다.

전주까지 왔으니 기념품을 하나 사 가야겠다고 생각한 나의 눈에 어느 상점 진열장에 있는 헝겊 인형이 들어왔다. 부드러워 보이는 천 소재에 파스텔톤 둥글둥글한 동물 모양의 헝겊 인형이었다. 상점 안에는 사람이 가득 있었는데, 나는 이 동물 인형이 마음에 들어 안으로 들어갔다.

'이 헝겊 인형 귀여운데 엄청 비싸다….'

상점 안으로 들어와 그 인형을 보자마자 포기할 수밖에 없었다. 내 손만 한 크기였는데, 가격표엔 7만 원이 적혀 있었다. 시중의 인형보다 비싼 가격에 어쩔 수 없이 다른 매대로 눈을 돌렸다.

상점 안을 둘러보니 작가들이 하는 디자인 공방 같았다. 핸드메이드 같은 특이한 소품이 많았고 가격표가 붙어 있었다. 그런데 가격이 다른 상점에 비해 비싼 편이었다. 내가 매대를 구경할 동안 한 사람도 계산하지 않았다. 그 많던 사람들이 구경만 할 뿐, 비싼 가격에 선불리 구매하지 못하는 것 같았다. 주말이라 손님은 많았지만, 카운터에서 계산하는 손님은 보이지 않았다.

'인형이 마음에 들지만 7만 원은 너무 비싸다…. 수작업이라 그런가…. 다른 소품들도 비싸서 살 수가 없네….'

여행을 마치고 몇 년이 지난 후에도 가끔 이 일이 생각이 났다. 비싼 만큼 값어치를 하는 물건은 많이 있지만, 그 헝겊 인형에 7만 원이라는 비싼 가격을 붙인 이유가 있을지도 모른다는 생각이 문득 들었다.

'그 헝겊 인형에게서 7만 원의 값어치가 있었을까? 어쩌면 내가 발견 못 한 가치가 있지 않았을까? 무언가 사연이 있는 인형이었을까? 천이

비싼 천이었을까?'

그땐 왜 이렇게 비쌀까 하는 생각을 했는데 세상 물정을 알 만한 지금의 나이가 되어 떠올려 보면 이해가 조금은 간다. 공방을 운영하는 데 드는 임대료, 재료비, 입점 수수료, 인건비 그리고 작가가 직접 만드는 핸드메이드라는 걸 생각하면 공산품보다 몇 배나 많은 가격을 써 붙일 수밖에 없을 것이다. 그때 갔던 상점가에 구경만 하고 손님들도 빈손으로 나오는 모습이 많았던 걸 생각하니 아쉬운 마음이 생긴다.

가격이 비싸면 팔리지 않고, 가격을 내리자니 들어가는 비용을 무시할 수가 없다. 그렇다고 싼 상품으로만 매대를 채운다면 장기적으로는 질적 하락이 생길 수도 있다. '만약 내가 지방에서 공방을 운영하게 된다면?' 하는 생각을 해 보니 더욱 현실 감각이 생긴다.

지방의 경우 수도권과 비교하자면 훨씬 적은 수의 인구와 관광객, 공방을 운영하기 위한 재료 조달이 가능한지, 교통문제와 더불어 지속적인 예술 활동이 가능한 주변 환경인지, 홍보를 위한 아트페어 지속적 참가가 가능한지에 대한 것도 고려

해야 한다. 그 지역의 아트 상품 수요가 어느 정도인지, 지속적인 아트상품을 낼 수 있는지 또한 중요하다.

홍보는 어떻게 할 것인지, 어떤 상품을 팔 것인지, 지역색이 묻어나는 상품을 팔 수 있는지, 관광상품으로 적절한지 끊임없이 생각하니 머리가 복잡해진다.

'소상공인, 예술인, 지방 관광업계 모두가 이익을 보는 방법이 없을까?'

'좀 더 싸게 원료를 공급받고 관광객들에게 합리적인 비용으로 판매할 방법이 있다면 좋을 텐데.'

상품 판매 환경이 좋다면 젊은 청년작가들도, 지역의 예술가들도 각자의 지역에서 개성 있는 발전을 할 수 있지 않을까 하는 생각을 해 본다.

단순히 예술 활동을 지역에서 한다는 것에 그치지 않고 지역의 고유색을 작품에 담는다면 더 기억에 남을 것이다. 내가 전주에서 깨달았던 것처럼, 나도 지역에서 예술 활동을 하기에 앞으로 더 공부하고 고민해야 할 것이 많다.

지역에서 예술을 한다는 건 마치 개척하는 것

과 같다. 점점 줄어드는 인구, 부족한 인프라, 불확실한 미래에 대한 불안감과 늘 싸워야 한다. 지방 대학의 학생들이 줄어들고 있다. 예술 대학도 마찬가지다. 다니던 학과가 통폐합되기도 한다. 취업이 되지 않는다, 학생이 적어졌다는 등의 이유이다.

5년, 10년 뒤에는 얼마나 지역의 예술인구가 줄어들지 불안하다. 앞으로 지역에서 예술 활동을 할 수 있을지, 혹은 현재 늘어나는 비대면 예술 활동 위주로 발전할 것인지는 모르겠다. 지역에서도 마음 편하게 예술을 할 수 있는 날을 꿈꾼다.

걷다 보면 또 떠오르겠지

가끔 아무 목적지 없이 걷는 걸 좋아한다. 특별한 날은 아니더라도 한 달에 한 번 이상은 이런 시간을 가지려고 노력한다. 혼자서 벽만 보고 작업하는 것을 벗어나 가끔은 이렇게 바람을 쐬려고 한다.

딱히 목적지를 정하지 않지만, 어느 방향으로 갈지는 정한다. 언제 돌아올지 모르니 가장 여유로운 시간대를 골라 본다. 집에서 출발하거나, 대중교통을 이용해 새로운 장소에서 출발하거나. 어디에서 출발하느냐에 따라 그날 찾아내는 하루의 이야기들이 달라진다.

오롯이 나만을 위한 시간이기에 복잡한 생각은 날려 버리고 머릿속을 비운다. 걸음은 천천히, 이런 날은 좋은 사진을 찍을 수 있도록 카메라도 챙긴다. 핸드폰, 보조배터리, 지갑, 상비약, 당 충전용 과자 몇 개, 아이디어를 기록할 수 있는 필기도구, 가끔 동전이 필요할 때도 있으니 작은 동전지갑도 하나 챙긴다. 이것저것 챙겨 넣었더니 제법 묵직하다. 빵빵해진 작은 가방 하나 메고 현관문을 나선다.

햇빛이 가득한 날엔 잠시 앉아 햇볕을 쬐어 본다. 쉬었다, 걸었다, 가끔 다리가 너무 아프면 버스를 타고 가기도 한다. 버스 창밖에 보이는 풍경이 휙휙 지나갈 때마다 다음엔 저기를 걸어 봐야지라고 생각한다.

지방은 빠르게 변한다고 느낄 때가 많다. 매년 인구가 줄고 있으면서도 그동안 부족했던 인프라가 채워지기 때문인지도 모르겠다. 고향에 돌아와도 주위의 지인들이 떠나 있을 때가 많아 헤어짐에 익숙해지고 있다.

걷다 보니 몇 년 전엔 익숙한 장소였는데, 떠난 사이 너무 변해 버려 기억이 가물가물해진 장소도 많이 보인다. 처음 보는 아파트가 서 있거나, 커다란 건물이 생겨 있을 때도 있다. 공사를 하고 있기도 하고 맛있어 보이는 음식점이 생겼을 때도 있다. 가끔 발길 잡는 냄새에 이끌려 홀린 듯 식당으로 들어가 보기도 한다.

어릴 적에는 여기가 어딘지 모르고 갔던 장소들이 다시 겹쳐지면서 그때의 기억이 다시 살아날 때도 있다. 부산에서 오래 살았는데도 걷다 보면 새로운 장소들이 눈에 보인다. 마치 보물찾기를 하는 것 같다. 익숙해서 잘 보지 못했던 장소들을 재발견하는 재미가 생겼다.

부산을 걸을 때마다 부산은 과거와 현재, 미래가 공존하는 곳이라고 느낀다. 몇 년 만에 부산에 돌아왔을 때, 가장 개발이 많이 된 해운대 센텀시티 인근을 걸어 본 적이 있다. 살아 본 적은 없지만, 가끔 가 본 곳이라 기억이 얼기설기 엮여 있다. 하지만 기억 속의 장소와 일치하지 않는다. 길을 걷는데 '몇 년 사이 엄청 많이 변했네?' 하는 생각이 들었다. 내 기억 속 비어 있던 공터엔 큼직큼직하고 세련된 건물들이 세워져 있다. 고급스러운 물품을 파는 가게도 주욱 늘어서 있어 이곳이 앞으로도 많이 변하겠구나 하는 생각이 들었다.

부산이 많이 변했다고 느낄 땐 문현동과 서면 주변의 골목을 걸어 본다. 어린 시절부터 자주 갔던 곳인 만큼 기억이 선명하다. 걷다 보면 '여긴 그대로네.' 하는 생각이 든다. 아무리 많이 변해도 뼈대는 변하지 않아 어린 시절 기억이 드문드문 떠올라 길을 가기가 쉽다.

어린 시절 기억 속 장소가 그대로 남아 있는 곳을 지날 때면 어린 시절의 나를 보는 기분이 들기도 한다. 좋은 기억과 안 좋은 기억이 뒤섞여 버릴 때가 많지만 좋은 기억을 마주할 때가 더 많다. 큰 건물은 그대로 있는 경우가 많지만 골목길은 어느 날 개발로 인해 없어지기도 한다. 그럴 땐 큰 건물들을 이정표 삼아 걸어 본다. 지금 이 순간의 기억들이 10년, 20년 뒤엔 어떤 기억으로 떠오를까 하는 생각을 하면서.

새롭게 생긴 카페에서 아이디어 노트를 끄적여 보기도 하고, 옛날에 갔던 식당에서 음식을 먹으며 옛날 추억을 되살리기도 한다. 그러다가 아이디어가 떠오르면 기록을 한다.

작품에 대한 소재를 구상하는 중, '부산을 소재로 한번 자료를 모아 볼까?' 하는 생각이 들었다. 부산을 배경으로 한 작품과 사진은 시중에 많지만, 좀 더 의미 있게 '나'와 관련 있는 사진을 찍고 자료를 모으고 싶었다. 그래서 오래되어 내버려 뒀던 디지털카메라를 하나 들고 집을 나서 사진을 찍었다.

카메라에 비친 도시의 모습들은 향수를 불러일으켰다. 따뜻한 오후의 햇살을 받은 건물들의 여유로운 모습이 카메라에 담겼다. 찍을 땐 몰랐는데 길가의 귀여운 동물이 찍힐 때도 있다. 재미있는 사진이 찍히거나 마음에 드는 색감의 사진이 나오기도 한다. 순간순간을 찍고 즐기다 보면 기분이 날아갈 듯 즐거워진다.

"또 나가 볼까?" 하면서.

일상생활이란 무엇일까

부산에 다시 이사 온 후 소설과 에세이를 쓰고 있다. 나의 부산 생활과 그동안의 경험이 녹아들어 있는 글이다. 시간 날 때마다 적어 놨던 조각 글들이 한 편의 글로 완성될 때마다 내가 겪었던 일들이 떠오르곤 한다.

부산에 온 후엔 집 안에서 혼자 조용히 글을 쓰다가 글이 막히게 될 때쯤, 밖으로 나가 풍경을 구경하곤 했다. 가끔은 역사가 담겨 있는 장소에 가서 신작을 구상하고, 자주 다니는 특이한 골목이나 건물이 있다면 메모를 하여 기록을 남기기도 한다. 그렇게 하다 보니 대학생 때 좋아하던 카페 거리는 소설 속 주요배경이 되었고, 부산항이 한눈에 잘 보이는 산복도로는 지금 하는 작업의 주요배경이 되고 있다. 사투리를 쓰는 주인공의 말투를 자연스럽게 적기 위해 직접 소리 내 대사를 읊어 보거나 밖에 나가 사람들의 사투리를 연구하기도 한다. 먼발치에서 바라보던 바다색은 내 작업의 컬러 팔레트가 되어 주었고, 가끔 들리는 바닷바람 소리는 바다를 묘사할 때 도움이 된다. 때로는 이렇게 해도 작업이 되지 않을 때도 많다. 그럼 결과물로 나올 때까지 내가 생각하는 부산의 이미지를 담아내기 위해 걷고 또 걷는다.

나는 하나의 작업에 오롯이 집중할 수가 없어 동시에 여러 개의 작업을 할 때가 많다. 그림을 그리다가 막힐 땐 글을, 글이 막힐 땐 그림을, 둘 다 막힐 땐 자리를 박차고 나가 사진을 찍는다. 그렇게 집중력이 떨어질 때쯤 새로운 작업을 하며 떨어진 집중력을 이어나간다. 그러다 보면 새벽이 될 때가 많다. 그렇게 반복하다가 작품이 하나둘 세상에 나올 때마다 안도의 웃음을 짓지만, 건강에는 적신호가 켜졌다.

부산에 다시 온 지 얼마 지나지 않았을 때였다. 예전보다 작업 능률은 올랐지만, 가끔 작업하다가 알 수 없는 답답함을 느꼈다.

새벽, 마감을 위해 작업하고 있을 때였다. 주로 집에서 작업하는 직업이어서 집에 있는 걸 더 익숙해하는 나였지만, 그날따라 밖에 너무 나가고 싶었다. 연속적인 작업을 하다 보니 밤낮이 바뀌어 있던 시기기도 했다.

'지금 나는 일상에 관한 이야기를 적고 있는데, 그 일상이란 대체 뭘까.'

'밤낮이 바뀐 생활을 하는 내가 '일상'이라는 단어를 써도 되는 걸까.'

'이런 생활 오래 하면 안 좋을 텐데….'

아주 가볍게 적고 있었던 '일상'이란 주제에 대한 회의감이 들 때였다. 아무리 작업 때문이라지만 이렇게 밤낮이 바뀌어 살아도 되는지, 건강을 계속 해치고 있는 게 아닌지 걱정이 되었다. 무엇보다도 '일상'이란 지속 가능한 생활이 기본이 되어야 할 텐데, 나는 불규칙한 생활을 하는 중이었다.

그런 생활이 오래 쌓이다 보니 작업도 원활하

게 되지 않아 머리가 지끈지끈 아파 오고 있었다. 글이 써지지 않는다. 똑같은 문장을 반복하고 또 반복하며 결국 썼던 글을 지웠다. 자주 가던 거리를 모티브로 하여 배경을 묘사하고 있었는데, 써지지 않는다. 한 부분이 막히자 뒷부분도 막힌다. 집중이 되지 않아 평소처럼 그림이라도 그리며 다시 집중력을 회복해 볼까 했는데, 그것조차 되지 않는다.

'그럼 사진이라도 찍을까.'

그림도, 글도 작업이 되지 않는다면 사진이라도 찍자 하는 생각이 들었다. 마감까지 시간이 아직 남아 있었기 때문에 나는 그대로 일을 제쳐두고 밖을 나갔다.

겨울이 채 가기 전이었기 때문에 새벽 공기는 차가웠다. 해도 뜨지 않은 새벽, 밖은 무척 고요했다. 그렇게 집 근처를 걷게 되었는데, 늘 복작거렸던 지하철역 부근에 사람이 없으니 기분이 묘했다. 아무도 없는 거리를 조금 걷다가 해가 뜨면서 점점 세상이 밝아지는 걸 느끼고 걸음을 멈췄다. 해가 뜨자 세상이 푸른 빛으로 물들고 있었다. 창문에서 바라보던 느낌과 다른 느낌이었다.

"예쁘다…."

푸른빛이 회색빛 건물에 반사되어 물속에 잠긴 듯한 기분이 들었다. 사진 찍는 것도 잊고 한참 멍하게 주변을 바라보았다. 그렇게 감상하는 사이, 주변이 점점 밝아지면서 사람들의 소리가 들려 왔다. 출근하는 사람들이 하나둘 밖으로 나오자 주변의 소리가 점점 커졌다. 늘 혼자서만 고독하게 작업하다가 밖을 나와 보니 세상 돌아가는 게 보였다. 출근 버스가 보이고 사람들은 바쁘게 걸어 다녔다. 직장 다닐 때는 흔하게 보던 일상적인 풍경이 지금은 낯설게 느껴졌다. '일상'이라는 단어가 이렇게 다르게 느껴질 줄 몰랐다. 그저 서로의 시간이 몇 시간 차이 날 뿐인데도.

'아. 서로 움직이는 시간이 다르다는 게 이런 느낌이구나.'

'혼자 동떨어진 시간을 사는 것보다 사람들과 비슷한 시간대에 움직이면 나도 달라지려나.'

'다시 생체리듬을 바꿔 볼까.'

긴장이 풀려서일까. 아침엔 고프지 않았던 배가 고파진다. 그날, 오랜만에 아침밥을 먹었다. 시간의 흐름에 둔하게 살다가 이렇게 흐름을 느끼게 되니 나도 가만히 있기 힘들었다. 건강을 위해 선택해야 했다. 불규칙한 생활을 계속하면 건강도 잃을뿐더러 고독하고 긴 새벽 시간을 홀로 견뎌야 했다. 모두가 잠든 시간에 움직이고, 모두가 깨어 있는 시간에 잠든다는 건 외로운 일이었다.

오랫동안 창작을 하려면 건강이 중요하기에, 나는 내 일상을 바꿔 보기로 했다. 밤낮을 바꾸고, 생체리듬을 제자리로 돌렸다. 새벽 작업 빈도가 줄어들자 오히려 전체적인 작업 능률이 올랐다. 아침밥을 먹게 되고, 스트레칭을 할 여유가 생겼다. 조금씩 변화된 일상을 맞이하고 있다.

새벽에 감성적인 작업이 잘 되는 건 어쩔 수 없다. 그래서 방법을 바꿨다. 차라리 일찍 자고 새벽에 일어나 작업을 하기로 했다. 가끔은 새벽에 밖에 나가 고요함을 즐기다가 아침을 맞이하는 사람들을 구경하고 다시 집에 돌아와 작업을 계속한다. 아침 해가 뜨는 걸 바라보면서 글을 마칠 때엔 짜릿한 쾌감이 느껴지기도 한다.

에필로그

그동안 생각해 왔던 '수도권과 지역 문화예술 격차'에 대해 글을 적었다. 늘 생각은 했지만 입 밖으로, 글로는 표현하지 못했던 이야기들을 솔직하게 썼다. 작은 목소리라도 지금 말하지 않으면 기회가 없을지도 모른다는 생각이 들었다. 그렇게 글 플랫폼에 내 경험과 불만, 그리고 추억 글 모음인 〈어느 부산 예술가의 이야기〉를 쓰게 되었고, 내 글을 읽고 발굴해 준 산지니 출판사 분들 덕분에 이렇게 출간까지 할 수 있게 되었다. 이렇게 내 목소리를 낼 수 있게 좋은 기회를 주신 산지니 출판사에 감사함을 전한다.

'수도권과 지역 문화예술의 격차'는 내가 〈어느 부산 예술가의 이야기〉에서 몇 번 밝혔듯 고등학생 때부터 가졌던 생각이었다. 교육, 정보, 그 외 인프라까지 생각하자면 너무나도 많지만, 나와 관련 있는 '문화예술'에 관련된 이야기 위주로 써 보는 게 좋겠다고 생각했다.

뉴스 등을 통해 시간이 지날수록 수도권과 지역의 격차가 점점 벌어지고, 대한민국이 비정상적인 '서울공화국'으로 변해 가는 걸 느꼈다. 특히 제2의 도시라는 부산에서 격차를 크게 느꼈기 때문에 이 문제가 내가 생각한 것보다 더 심각할지도 모른다는 생각이 들었다.

내가 살고 있는 이 지역에서 겪은 것만 해도 이렇다.

「다양한 연극을 보고 싶어도 소극장이 부족해 볼 수 없었다.」

「문화예술 공간 관련 과제를 할 때 다른 학생과 겹치지 않는 마땅한 장소가 없어 한참 헤맨 적이 몇 번 있었다.」

「작가 수보다 전시, 판매 가능한 공간이 부족

하다.」

당장 부산에서 열리는 문화예술 관련 공연, 전시의 수를 수도권과 비교하면 현저히 차이가 난다. 지방에도 문화예술을 즐기고 싶어 하는 사람들이 많을 텐데 수도권에 가지 않으면 즐길 수가 없다.

"전시할 곳도, 판매할 곳도 없어요."

"예술계 지인들이 다 서울에 올라갔어요."

"사람이 없어서 정보도 못 구해요."

이 문제들은 부산뿐만 아니라 여러 지역의 공통적인 문제다. 시간이 지날수록 도시 내 인구수는 점점 줄어들고 인프라 부족으로 고향에 있고자 하는 사람들마저 수도권으로 가게 된다.

가벼운 생각일지도 모르나, 수도권에 몰려 있는 문화예술 인프라가 지방에도 분산된다면 굳이 서울에 올라가지 않고도 지역에서 예술을 할 사람들은 점점 발전할 수 있을 것이다. 장기적으로 생각한다면 예술인뿐만 아니라 예술을 즐길 기회도 많아지니 시민들에게도 좋을 것이다.

이야기하지 않으면 알 수가 없다. 그래서 나는

기회가 될 때마다 작은 목소리라도 내어 지역 예술에 대한 내 의견을 알리기로 했다. 비록 작은 목소리지만, 비슷한 생각을 하는 사람들이 모이면 조금씩 좋은 쪽으로 발전이 되지 않을까 하는 기대감이 있다.

지금 나는 부산에 돌아왔다. 짐 정리를 끝내고, 작업을 계속하고 있다. 내가 부산에 돌아온 게 잘한 일인지 걱정이 되기도 한다. 부산에 온 후에도 하루에 몇 번씩 생각을 해 본다. 서울의 인프라를 포기하고 다시 부산에 온 게 잘한 일일까?

하지만 부산에도, 그 주변 지역에도 분명 많은 변화가 일어나고 있다. 그래서 희망을 품어 보기로 했다. 부산에서 새로운 도전을 위하여 용기를 내기로 했다. 언젠가 세월이 흘렀을 때 이렇게 생각할 수 있도록.

"부산에서 작업하길 참 잘했어."

부산에서 예술을 합니다.

부산에서 예술을 합니다

초판 1쇄 발행 2021년 11월 18일

지은이 임영아
펴낸이 강수걸
기획실장 이수현
편집장 권경옥
편집 강나래 김리연 신지은 윤소희 오해은
디자인 권문경 조은비
경영지원 공여진
펴낸곳 산지니
등록 2005년 2월 7일 제333-3370000251002005000001호
주소 부산시 해운대구 수영강변대로 140 BCC 613호
전화 051-504-7070 | 팩스 051-507-7543
홈페이지 www.sanzinibook.com
전자우편 sanzini@sanzinibook.com
블로그 sanzinibook.tistory.com

ISBN 978-89-6545-758-9 02810

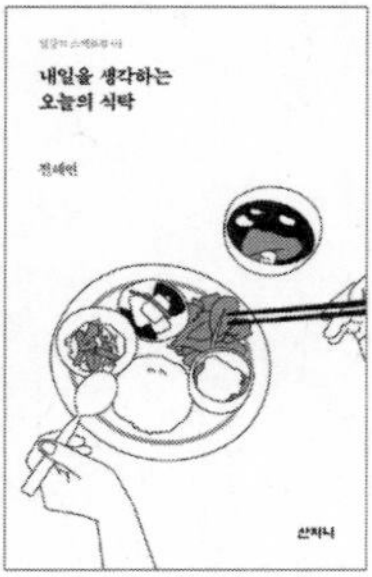

내일을 생각하는 오늘의 식탁

일상의 스펙트럼01

***조선일보/한국일보/경남도민일보 추천도서**

전혜연 지음

자신의 삶을 만들어나가는 기준,
마크로비오틱

계절에 따라 다르게 채색되는 식탁 이야기, 입맛 돋우는 싱싱한 제철 재료 이야기, 전자레인지와 일회용품 없이 사는 고집스러운 삶에 관한 이야기, 저자가 들려주는 마크로비오틱한 삶이 즐겁다.

내가 선택한 일터, 싱가포르에서

일상의 스펙트럼02

***한국일보 추천도서 *2020 청소년 북토큰 선정도서**

임효진 지음

해외취업에는 특별한 순간들이 있다

지난 6년간 저자가 경험한 싱가포르에서의 일과 삶이 솔직하게 담겨 있다. 취준생의 일상, 외국 회사의 시스템과 조직 문화, 매일 밥 먹듯 해야 하는 언어 공부, 집 구하기, 취미 활동, 연애 등 자신이 경험한 에피소드를 유머 있게 풀어낸다.

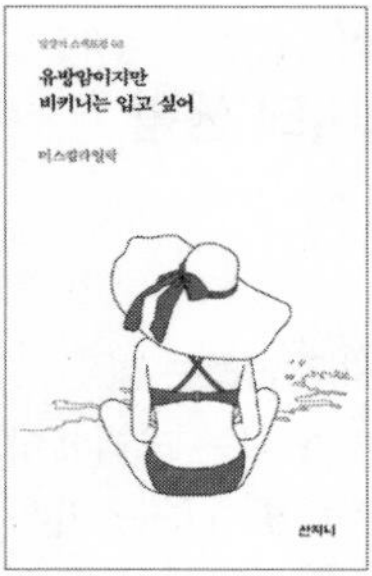

유방암이지만 비키니는 입고 싶어 일상의 스펙트럼03

***경향신문/국제신문/이데일리 추천도서**

미스킴라일락 지음

4기 암 환자의 씩씩하고 엉뚱발랄한 일상

유방암 선고를 받은 저자가 항암 치료와 재발을 경험하면서 겪은 암 환자 버전의 일상을 담은 에세이다. 자신의 블로그에 당당히 암 환자라는 것을 알리고, 암 치료 과정을 무겁지 않고 발랄하게 담아낸다. 저자는 아프기 전에는 해보지 못했던 일들을 시도하며 씩씩하게 제2의 인생을 살아가고 있다.

베를린 육아 1년 일상의 스펙트럼04

***조선일보 추천도서**

남정미 지음

아이 키우기로 베를린의 삶을 경험하다

특파원으로 일하게 된 남편과 함께 1년 동안 독일에서 지낸 경험을 담은 베를린 육아 일기다. 저자는 독일 사회가 어떻게 아이를 키우고 대하는지 아이를 존중하는 태도가 배여 있는 독일의 육아법을 전한다. 1년 동안 여행만으로는 느낄 수 없는 그곳에서의 생활을 통해 매력적인 도시 베를린을 좀 더 깊숙이 만나본다.

블로거 R군의 슬기로운 크리에이터 생활

일상의 스펙트럼05

황홍선 지음

좋아하는 일을 설레면서 지속하는 힘

이 책은 취미가 콘텐츠가 되는 크리에이터 R군의 이야기를 통해 좋아하는 일은 지속 가능하게 하는 힘이 무엇인지 들려주고자 한다. 매일 새로운 크리에이터가 생겨나고 사라지는 무한경쟁 시대에, R군은 지치지 않고 오랫동안 콘텐츠를 만드는 이야기를 전한다.

어쩌다 보니 클래식 애호가, 내 이름은 페르마타 일상의 스펙트럼06

신동욱 지음

예비 선생님의 못 말리는 클래식 '덕질' 라이프

여행의 피로는 온천보다 클래식 공연으로 씻어내야 한다는 이 못 말리는 클래식 애호가의 여정은 클래식이 가지고 있는 무겁고 마이너하다는 편견을 '클래식 덕질'로 승화시켜 버린다. 그의 '덕질'을 따라가다 보면 어쩌면 나도 모르는 새에 클래식 애호가가 되어 있을지 모른다.